火边的艾丽丝

Det er Ales

Jon Fosse

〔挪威〕雍·福瑟 著

张莹冰 译

人民文学出版社

著作权合同登记号　图字 01-2024-4301

Originally published in Norwegian as
Det er Ales by Det Norske Samlaget，2004
Copyright © 2003，2023 by mareverlag. Hamburg
Copyright © 2003 by Jon Fosse
The simplified Chinese translation rights
arranged through Rightol Media
（本书中文简体版权经由锐拓传媒取得
Email：copyright@rightol.com）

图书在版编目（CIP）数据

火边的艾丽丝 /（挪威）雍·福瑟著；张莹冰译. -- 北京：人民文学出版社，2024. -- ISBN 978-7-02-018896-3
Ⅰ. Ⅰ533.45
中国国家版本馆 CIP 数据核字第 2024B8756Q 号

责任编辑　陈　旻
装帧设计　陶　雷
责任校对　李晓静
责任印制　张　娜

出版发行　人民文学出版社
社　　址　北京市朝内大街 166 号
邮政编码　100705

印　　刷　三河市中晟雅豪印务有限公司
经　　销　全国新华书店等

字　　数　48 千字
开　　本　787 毫米×1092 毫米　1/32
印　　张　4.75　插页 3
印　　数　1—10000
版　　次　2024 年 9 月北京第 1 版
印　　次　2024 年 9 月第 1 次印刷

书　　号　978-7-02-018896-3
定　　价　45.00 元

如有印装质量问题，请与本社图书销售中心调换。电话：010-65233595

作者简介

雍·奥拉夫·福瑟（Jon Olav Fosse），挪威剧作家、小说家。一九五九年出生于挪威西海岸文化名城卑尔根以南的小镇海于格松，目前居住在卑尔根。他是当代挪威文学最重要的作家之一，被认为是当今世界上最伟大的剧作家之一。一九八三年起开始出版作品，迄今为止创作了七十多部小说、诗歌、儿童文学、散文与戏剧，其作品已被翻译成五十多种文字。其戏剧语言富有诗意，接近抒情散文与诗歌，文字极简又极富内省，被认为代表了易卜生在十九世纪建立的戏剧传统在现代的延续。二〇二三年，他因"用极具创新意识的戏剧和散文让无法言说之事物发声"而获得诺贝尔文学奖，成为第一位获得诺贝尔奖的新挪威语作家。其获得的其他重要奖项还包括瑞典学院北欧奖 (Svenska Akademiens nordiska pris，2007)、国际易卜生奖 (Den internasjonale Ibsenprisen，2010)、北欧理事会文学奖 (Nordisk råds litteraturpris，2015)、布莱治文学奖（Brageprisen，2021）等。

译者简介

张莹冰,籍贯广东。英国文学学士与管理学硕士。相关译作包括玛格丽特·阿特伍德(加拿大)短篇小说《父母的故事》(*Unearthing Suite*,by Margaret Atwood),托尔·海耶尔达尔(挪威)自传《沿着亚当的足迹》(*In the Footsteps of Adam*,by Thor Heyerdahl),以及北欧文学译丛系列作品之《冰宫》(*Is-slottet*,by Tarjei Vesaas),《珍妮的春天》(*Jenny*, by Sigrid Undset)。

表达了不可言说的心声的
创新戏剧和散文

二〇二三年十月五日晚八点左右，我在家突然收到一位记者的来电，告诉我瑞典学院刚刚宣布挪威作家雍·福瑟获本年度诺贝尔文学奖，并让我谈谈对他的看法和评价。我立即回答说：雍·福瑟获诺贝尔文学奖，我一点也不感到意外。他是近年来在挪威和欧洲获诺贝尔文学奖呼声最高的人，他的获奖是实至名归。

近几年来，雍·福瑟的剧本在全世界范围内是被搬上舞台最多的一位挪威当代剧作家，作品迄今已经被翻译成近五十种文字，已经有四十多个国家的一百八十多个剧场上演了他的剧作，演出已达九百多场次。瑞典学院认为雍·福瑟获奖是由于"他创新的戏剧和散文表达了不可言说的心声"。

雍·福瑟在我国也许知名度不高，没有多少人知道他，读过他的作品，看过他的戏剧。但是他在他自己的国家挪威可以说很早就是一个家喻户晓的作家，在欧洲也是一个相当出名的人物。二〇〇三年，我以挪威奥斯陆大学访问教授的身份去挪威访问，在出发前，国家剧院的导演吴晓江和刘铁钢找到我，对我说：国家剧院准备排练一部挪威当代戏剧，希望我到挪威后了解一下，在当代挪威的剧作家中，有没有可以介绍到中国来的剧作家和剧本。我到挪威后，接触到很多人，有教员、学生、作家、演员、剧作家，他们都向我推荐雍·福瑟。这是我第一次听到雍·福瑟这个名字。后来有一天我到挪威对外文化促进委员会（Norla）去，除了委员会的主任克利斯婷·勃茹德瓦尔，翻译家图薇·巴克也在那里。我问起她们有什么剧作家和剧本可以推荐的，她们两人也异口同声地说道："Jon Fosse, *'Nokon kjem til å komme*'！"剧本篇名翻译成英语是"Someone Is Going to Come"。中译文我把它翻译成《有人找上门来》。无论是挪威戏剧界的业内人士，还是非文化人的普通人士，我所碰到的挪威人几乎都一致向我推荐雍·福瑟。这引起了我的极大好奇和兴趣，开始去了解他和他的剧本。

我急不可待地找到了雍·福瑟的剧本《有人找上门来》，翻开第一页就被深深地吸引住了。长长的一部剧本只有三个人物，无名无姓，只是男人、女人和那个男人。舞台背景的描写充满了挪威地方特色:"一栋相当颓败破旧的老房子前面的庭院里。那栋房子油漆剥落、窗玻璃有几块破碎,孤零零地坐落在一块突出在陡峭的斜坡上的岩石上,背山面水海景尽览。而且房子的材料饱经风霜自有苍劲浑朴之美。一个男人和一个女人从房子的右首墙角拐过来走进庭院。……男人和女人并肩沿着那栋房子散步,紧握着彼此的手,盯住了那栋房子瞅个不停。"

"一栋孤零零的房子坐落在岩石上,面朝大海,一个男人和一个女人紧握着彼此的手盯住那栋房子瞅个不停"。三言两语就把挪威海岸景色、人口稀少的特色刻画得淋漓尽致,立刻使人有身临其境之感。剧中人物对话都不长,十分简洁,而且常常重复:

她:

(欣喜地)我们马上就要住进自个儿的房子啦

他：

我们自个儿的房子

她：

一栋入眼中看的老房子

……

他：

只有你和我两个人

她：

这会儿我们就站在自个儿的房子跟前

他：

一栋入眼中看的房子

她：

我们就站在自己房子跟前

我们自个儿的房子

我们将住在这栋房子里

只有你和我两个人

只有你和我在一起

我和你要住进去的房子

只有咱俩单独在一起

远远离开喧嚣的人世

咱俩要住进去的房子里

只有你和我

单独在一起

我看到这些对话后，对这部作品愈来愈感兴趣，趁在挪威逗留时间开始翻译起来。动手翻译的另一原因，也是为了乘机可以学习新挪威语。在这里碰到语言方面的难题随处可以找人请教。

《有人找上门来》(1996)是雍·福瑟在世界各地上演最多的一部作品，内容比较简单：男人和女人买下了一栋房子后一同前来看房。这栋房子年久失修,颓败破旧,油漆剥落,孤零零地坐落在一块突出在陡峭的斜坡上的岩石上,但是他们十分满意、高兴,因为这栋房子远离其他房子,也远离其他人,他们两人终于可以单独地、不受干扰地待在一起了。不过,她却一直有预感,有人会找上门来的,感到十分恐惧,而他则认为根本不可能会有人找上门来,因为四周没有人,没有房子,况且他们也不认识任何人。他们两人是完全能够单独地待在一起的。后来他和她都听到了脚步声、敲门声,两人感到紧张、恐惧。她看见有一个男人走来,这个男人是这栋老房子房主的后代,就是这个男人把房子卖给他们的。这个男人对这栋房子以及房子里的一切都十分熟悉,在屋里指手画脚,并且说以后会常来这里的。这个男人还把电话号码留给了她,约她相会。男人认为这是女人和这个男人事先预约好了的，因而产生了猜疑和矛盾。男人对两人不能单独待在一起感到沮丧。剧本最后以两人和解落下帷幕。

怎么翻译这部作品的标题让我颇费周折，最后我决定把它翻译成《有人找上门来》，主要是从剧情内容考虑的。男人和女人希望两人能单独在一起，不要发生他们不希望发生的事情，也就是不要发生有人会来打扰他们的事情。可是有人却主动上门来了，做了违反男人和女人意愿的事情，所以我把标题不是简单地翻译成《有人将要来》，而是翻译成《有人找上门来》。

我在网上看到福瑟曾在一次采访中这样说道："我的第一个剧本是《有人找上门来》。那段时间里，我对贝克特非常着迷。甚至《有人找上门来》这个名字也可以被看做是《等待戈多》的一种对立变体。

从某种角度而言，我害怕贝克特对我造成的影响，因此我试着不要复制他的写作方式，而是去反抗他，就像一个儿子反抗他的父亲一样。所以我为我的首个剧本选择了完全相反的名字。"从他的这段话看来，他要选择的篇名是同"等待"相反，这么看来，我把篇名翻译成《有人找上门来》是符合他的初衷的，是合适的。

雍·福瑟（Jon Fosse）一九五九年九月二十九日出生于挪威西南部的海于格松，目前定居在挪威第二大城市卑尔根。他是一位用新挪威语创作的作家。挪威是个双语国家。挪威在丹麦统治时期（1450—1814），长期被禁止使用本民族文字，上层阶级使用挪威国语，即丹麦挪威语，而普通平民百姓则用的是乡土语，即挪威西部海岸一带的土语。两者无论在发音、语法和词汇方面都相去甚远。挪威的民族主义者都对丹麦挪威语提出抨击,并且致力于创造出一种纯正的挪威民族语言。诗人伊凡·奥森(1813—1896)周游了挪威全国的乡村,收集了大量的方言材料,于一八四八年和一八五〇年分别出版了《挪威人民的语言》和《挪威乡土语言词典》,一八五三年他又出版了《挪威乡土语言范例》,还首次用乡土语言翻译了莎士比亚、席勒等人的名著。一八五五年奥森用乡土语言创作出剧本《傍晚》。之后,他又出版了《挪威语语法》和《挪威语词典》。至此,纯正的挪威语言已形成并为社会和民众所接受。为了区别起见,奥森将以往的丹麦挪威语称为"老挪威语",而把这种由乡土语言发展而来的语言称为"新挪威语"。挪威独立后挪威语和新挪威语都被定为挪威法定的国语。挪威有一个专门出版新挪威语作品的出版社,即"挪威萨姆拉格特"

(Det Norske Samlaget)。

诺贝尔文学奖自一九〇一年颁发以来,挪威一共有三位作家获奖,他们是比昂斯滕·比昂松(Bjørnstjerne Bjørnson, 1832—1910),一九〇三年获奖;克努特·哈姆生(Knut Hamsun, 1859—1952),一九二〇年获奖和女作家西格丽特·温塞特(Sigrid Undset, 1882—1949),一九二八年获奖。他们三位都是用挪威语写作的。在将近一百年之后,一位用新挪威语写作的挪威人成为诺奖得主,难怪雍·福瑟在获奖后表示,获奖归功于新挪威语这种语言本身,他认为这一奖项是对这种语言和推广这种语言的努力的认可。

二〇〇三年我从挪威回国后,把剧本的译文和这个剧作家向吴晓江导演和刘铁钢做了介绍,他们都很高兴,也很满意。结果因为经费没有着落无法排演而被搁置了起来。大约十年后，我获悉雍·福瑟的这部《有人找上门来》的剧作从英文翻译成了中文，剧名为《有人将至》，并在上海被搬上了中国舞台。剧作家亲临上海观看剧本演出后对中国文化和艺术的敬意油然而生，他说："自从欣赏到这一版本的演出以来（无疑这是全球范围内对我作品最好的舞台呈现之一），我心中对中国戏剧，乃至整个中国文化的深深敬意油然而生。中国的文化与艺术是如此博大精深，而当它体现在戏剧舞台上的时候，又是如此的巨细靡遗，浑然一体。"看到他的这段讲话，我感到非常欣慰，他的这部作品终于在中国同观众见面了，雍·福瑟这个著名的剧作家终于被介绍到我国来了。

　　细心的读者也许已经发现，无论在网上还是在纸质的出版物中，绝大部分把雍·福瑟翻译成约恩·

福瑟,"约恩"的中文拼音是"yue en",其英文为"Joern",与原文"Jon"的发音相差甚远。雍·福瑟这个名字的挪威语是 Jon Fosse,北欧语言是非通用小语种,同英语不一样的是我们没有人名、地名词典可查,以往碰到这样问题,我们一般都是根据原文发音,在中文中找最相近的词语。过去我翻译成荣·福塞,仔细考虑后,并同北欧语言翻译的其他译者商量后觉得不确切,因此,这次翻译成雍·福瑟。中文"雍"字的发音同挪威语的"Jon"较为接近。

自二〇〇三年从挪威回国后,我一直十分关注雍·福瑟和他的作品,也想尽力把他介绍给我国读者。在拙著中,无论是二〇〇五年出版的《北欧文学史》和二〇〇七年出版的《北欧文学大花园》,还是二〇一五年出版的《北欧文学论》,我都向读者介绍了雍·福瑟。我也阅读了他的其他戏剧作品,如《母亲和孩子》(1997)、《夜晚唱着歌曲》(1998)、《秋梦》(1999)和《死亡变奏曲》(2002)等。他的戏剧的特点是：场景简单，角色少，一般在两人至八人之间，人物名字大多是男孩子、女孩子、儿子、母亲、朋友等，以此代表整个群体。他是一位多才、多产而全面的作家，作品涵盖多种体裁，除了戏剧，还有小说、诗集、散文、儿童读物和翻译作品。自一九八三年，二十三岁时发表处女作、长篇小说《红，黑》以来，直至二〇一〇年，他总共已经发表了六十余部作品，其中包括剧本二十八部，小说十四部，诗集九部，论文集两部和儿童文学作品九部。他的作品的主题以生活、死亡、爱情和家庭关系为主，但是文学评论家们普遍认为他的成就主要在戏剧上，有"当代易卜生"之称。他对易卜生戏剧的传承，主要表现在他作品中的创作题材沿袭了易卜生对社会问题、对两性关系的关注。除此之外，他虽被誉为"当代易卜生"，但是他和易卜生却是有很大不同的。易卜生是十九世纪激进民主主义精神的"现代突破"运动的领军人物，是自那时以来最伟大的批判现实主义戏剧家。雍·福瑟是现代主义作家，他的创作更接近爱尔兰戏剧家贝克特。他的剧作没有太多的情节和故事，语言简洁，音乐感强，对话紧凑，有诗韵，而且不断重复，介于现实主义与荒诞之间；剧作的主题以探讨人与人之间的关系或关系的缺失为主；内容常常是将日常生活和梦幻交织在一起，给导演留有充分发挥自己才能的余地，也给观众留有想象的空间，看后使观众回味无穷。

雍·福瑟荣获过挪威国内和国际重要文学、戏剧奖以及勋章等共四十余项，其中包括二〇〇二年获斯堪的纳维亚戏剧奖，二〇〇三年获挪威文化委员会荣誉奖，奖金为二十五万挪威克朗，这是挪威最重要和最高奖项之一。二〇一〇年，他又荣获"国际易卜生奖"，迄今为止，他是世界上第三位荣获该项大奖的当代戏剧家，其余两位是英国和法国的戏剧家兼导演。他的小说三部曲《无眠》《奥拉夫的梦》和《疲倦》于二〇一五年获北欧理事会文学奖，这是北欧最高文学奖。

他的有些剧作，如《夜晚唱着歌曲》(1998)已由德国著名导演拍成电影。挪威也把雍·福瑟的创作和生活拍成五十分钟的记录片同观众见面。

他的其他作品还有剧本《名字》(1995)、《沙发中的女孩》(2003)、《影子》(2006)和《我是风》(2007)等以及长篇小说《早晨和夜晚》(2000)，诗集《1986—2001年诗》(2001)和儿童读物《潮湿和黑暗》(1994)和《姐妹》(2000)等。

我看见西格涅躺在长凳上，她环顾着房间里一成不变的家具：一张老旧的桌子，一只火炉，一个装木柴的箱子，还有墙壁四周陈旧的护墙板，一扇宽大的窗子面对着峡湾，她看着眼前的一切，却又似乎视而不见，一切如故，并未有什么改变，然而一切又好像不太一样了，自打他消失得无影无踪之后，一切不复从前，她整个人就是一副心不在焉的状态，日子来了又去，她亦随波逐流，每天的日子过得缓慢而不留痕迹，与前一天并无两样，她还记得今天是星期几吗？她想，今天应该是周四，现在是三月份，二〇〇二年，是的，这些她都想得起来，至于今天是几号就没那么重要了，有必要记得那么清楚吗？尽管目前她的身体尚可，还算硬朗，一如他消失之前的状态，可是接下来一想到一九七九年十一月末的那个周二，他是如何消失的，她的心立刻变得空荡荡的，望着门厅的大门，她看见门开了，看见自己从外面走进来，随手关上身后的门，她走进房间，站在屋子中央，停下脚步，然后她看见自己看了一眼窗户，她看见自己正看着站在窗前的他，她看见自己站在屋子中间，看见他凝视着窗外的黑暗，他披着一头黑色长发，穿着一件黑毛衣，毛衣是她亲手织的，天冷的时候他总喜欢穿它，他就站在那里，她想，他几乎就要与窗外的黑暗融为一体了,她想,是的,他与窗外的夜是如此的融合以至于当她开门进屋的时候,几乎没有注意到站在窗前的他,虽然她心里早就知道他一定又会站在那里,无需多想,也无需提醒自己,冥冥之中她知道他一定就站在那里,他身上的黑毛衣与窗外的夜色合而为一,他就是黑夜,黑夜就是他,但事情就是这样,她想,从一进到房间看见他站在窗前的那一刻开始,她还是觉察到了一丝异样,这也是她觉得奇怪的地方,虽然之前他也是这么一直站在窗前,但她从未特别留意过,或者说她看到了却并未放在心上,于是驻足窗前成了他的一个习惯,就像她对身边的其他事情一样,习以为常了,可是这次,当她走进房间,看见他站在窗前,看见他的黑头发,还有他身上的黑毛衣,他站在那里望向窗外的黑夜，他为什么要这样？他为什么一直站在那儿？但凡窗外有些什么可看的东西她都能理解，可是外面除了沉重漆黑的无尽黑夜，什么也没有，偶尔有一辆小车驶过，车灯照亮了前方的一小块路面，这里几乎没有多少车辆经过，而这也正是她喜欢的，她只想住在一处无人之地，在这里只有她和他，西格涅和阿斯勒，任由他们独处，所有人都走开，在这里春天就是春天，秋天就是秋天，冬夏分明，她就想住在这样的地方，可是现在，明知窗外除了黑暗，一无所有,他为什么还要站在窗前凝视黑夜？他为什么要这样做？为什么一直站在那儿望着漆黑的窗外？她想，要是这会儿是春天，她想，要是这会儿春天悄然来临，带来明媚的春色，温暖的阳光，还有草地上的小花，以及缀满嫩芽的枝头和绿意盎然的树林，那该多好！可是这黑夜，这没有尽头的黑暗，真的让她无法忍受，她想着该和他说点什么，她感觉好像什么都和原来不一样了，她环顾四周，一切还是老样子，没有什么不同的，那为什么她会这样想，觉得有什么东西不一样了，为什么要有所不同？她怎么会有这种想法，难道有什么东西真的和从前不一样了？他就这样一直站在窗前，几乎与窗外的黑夜合二为一，难以区分，他最近是怎么啦？发生什么事了？是他变了吗？他为什么变得如此沉默？没错，沉默，不过他就是那种性格安静的人，无论你说他什么，他总是静默地待着，这么说来，一切也没什么异样，他就是这么一个人，平素里就是这种性格，她在心里对自己说，这会儿但凡他能转过身子，与她面对面，和她说上一句话，

就一句话，哪怕随便一句话，可是他就这么一直站在那里，好像不知道她进来似的*

你在家呀，西格涅说道

他转过身，她看见他眼中有着与窗外夜色一样的阴霾

嗯，是的吧，在家，阿斯勒答道

窗外没啥好看的吧，西格涅说

没啥好看的，阿斯勒说

他冲她笑笑

除了黑夜啥也没有，西格涅说

确实，漆黑一片，阿斯勒答道

那你站在那儿看什么呢，西格涅问道

我也不知道自己在看什么，阿斯勒说

---

* 作者在文中多处有意不使用标点符号。——编者注

可是你一直站在窗前哩,西格涅说

是的,阿斯勒答道

而你其实什么也没看,西格涅说

对,阿斯勒答道

那你为啥要一直站在窗前呢? 西格涅问道

我就想知道,她说道。

是有什么心思吗? 西格涅说。

我什么也没想,阿斯勒说

那你在看什么呀,西格涅说

我啥也没看,阿斯勒答道

你自己也不知道,西格涅说

是的,阿斯勒说

你就这么站在那儿,西格涅说

是的,我就这么站在这儿,阿斯勒说

确实如此,西格涅说

我这样打扰到你了吗? 阿斯勒问道

那倒也不是，西格涅说

那你为什么要问呢? 阿斯勒说

我就是随口问问，西格涅说道

好吧，阿斯勒说

我没有其他的意思，我就是想问问，西格涅说道

好吧，阿斯勒说

我就是站在这里而已，他说

很多时候，当人们说起什么事情的时候，未必真的就是有所指，他说

或者压根儿就不是那个意思，他说

确实，他们不过是随口一说，只是说说而已，西格涅说

就是这么回事儿，阿斯勒说

他们就是没话找话，西格涅说

嗯，不得不说点什么，阿斯勒说

就是这么回事，他说

她看见他站在那里，有点不知所措的样子，他抬起一只手，然后放下，接着又举起另一只手，停在半空中，在胸前握紧，然后他又抬起第一只手

你在想什么？西格涅问道

没什么，阿斯勒说

哦，西格涅说

我觉得，我应该……阿斯勒说

呃，我是想说，阿斯勒说

他站在那里，看着她

我……他说

嗯，我……好吧，我就是想……他说

你想说……？西格涅说

是的，阿斯勒说道

你打算……西格涅说

我，阿斯勒说

我觉得我想去峡湾上待一小会儿，他说

这种时候还想出去？西格涅问道

是的，阿斯勒说

然后他转身面对着窗外，她又看见他站在那里，几乎与窗外的黑暗融为一体，她再次注意到他那乌黑的长发和黑色毛衣，他身上的黑毛衣与窗外漆黑的夜色合二为一，难以分辨

这会儿还想出去，西格涅说

他并未理会，她想今天这种天气他还要去峡湾划船，外面刮着大风，没准一会儿还有雨，她觉得他根本不在乎天气，只想照常划着他的

那艘小木船出海，她想不明白划着一条这么小的船去峡湾有什么好玩的，外面的天气一定冷得要命，峡湾就在下面不远的地方，海面上波涛翻滚，若是在夏天也许还有点意思，那时候峡湾的天空阳光明媚，他们可以划着小船游荡在平静如许的湛蓝色海面上，海水碧蓝，到处闪烁着蓝光，颇为诱人，可眼下是萧瑟的深秋，灰色的峡湾阴冷无趣，海面巨浪排空，更别提小船的座椅上堆满了冰碴和积雪，你还得用脚踢掉绳索上的冰坨子才能把船从铁锚上解开，此时的峡湾到处漂着浮冰，冰面是雪白的积雪，为什么偏偏挑选这样的时候出海，这时候的峡湾究竟有什么吸引力可言？她实在是想不明白，说实话，她终究是猜不透，这一切对她而言太神秘了，倘若他只是偶尔出海钓钓鱼，布个网倒也罢了，而不是像现在这样每天必去峡湾划船，有时候甚至一天出去两趟，全然无视这凄风苦雨昏暗不见天日的时节，终年不辍，他是在逃避她吗？是因为这个原因他才成天想往峡湾跑吗？她在心里琢磨着究竟什么才是真实的原因，还有呢，最近他好像是变了一个人，很少有开心的时候，几乎就没有，他非常害羞，确实如此，他不愿意见人，如果有人来了，他就马上转身避开，如果碰巧遇到必须与人交谈的时候，他就会杵在原地，一双手不知往哪里搁才好，也不知道该说些什么，整个人局促不安,感觉别扭得要命,所有人都看得出来,她在想，他究竟是怎么啦？她觉得一直以来他就是这个样子，有点内向，总觉得自己是旁人的负担，在有外人的场合担心自己会惹人烦，让人讨厌，碍手碍脚，而他自己好像还不知道，他的这种状况已

经变得越来越严重了，之前他还可以和人略做交流，现在除了她，只要一有外人出现，他马上就会走开

　　你打算去趟峡湾，你心里是这么想的吧，西格涅说

　　我心里什么也没想，阿斯勒说

　　什么也没想，西格涅重复道。

　　是的，阿斯勒说

　　我心里什么也没想，他说

　　我只是站在这里而已，他说

　　你不过就是站在那里，西格涅说道

　　是的，阿斯勒说

　　今天是周几啊？西格涅问道

　　周二，阿斯勒说

　　今天是一九七九年十一月末的一个周二，阿

斯勒说

这一年过得真快呀,西格涅说

快得令人难以置信,阿斯勒说

十一月末的一个周二,西格涅重复道

是的,阿斯勒答道

然后他离开窗边朝着门厅的大门走去

你要走了吗?西格涅问道

嗯,阿斯勒答道

去哪?西格涅问

就出去一小会儿,阿斯勒说

去吧,没人拦着你,西格涅说

我知道,阿斯勒说道

她看见他走到火炉旁,取来一段木头,弯腰将木头送进炉膛,然后直起身子看着炉中的火苗,他保持这个姿势站在炉边凝视火苗良久,然后开始朝着门厅的大门走去，她看见他的手搭在门把上，似乎有点犹豫，有一丝的游离，她要不要开口说点什么？还是应该由他先开口呢？可是两个人都无话可说，于是他的手按下了门把

你没事吧？西格涅问道

我没事，没事，阿斯勒答道

他拉开门走了出去，这当中他似乎想转身和她说点什么，可最终他还是径自走了出去，她在想，他们之间也没啥可说的，自然他也就开门出去了，再说他俩之间没有任何矛盾，一切都好，两个人就是通常意义上的亲密爱人，他们从不说伤害对方的话语，她觉得他可能甚至都不知道自己可以为她做些什么，他非常的不自信，不知道该说些什么或是做些什么，但她对此毫无怨言，从来不觉得他有什么不妥，即便如此，他为什么

还是成天想往峡湾跑呢?他给自己弄了一条小船,一艘木制的手划船,躺在房间的长凳上,她边想边看见自己站在房间中央的地板上,她看见自己走向窗户,站在窗边往外观看,窗外出现了一抹天光,站在窗前,她想,一年当中的这个季节已经多少有点亮光了,天色亮了不少,可以依稀辨认出灰黑色的天空以及峡湾对岸淡灰色的山峦,再往下看,大路上怎么会有一束亮光?是谁站在那里,他们是谁?下面那些走来走去的人是谁?是她自己站在那儿吗?她看上去显得有些害怕,抑或是绝望,整个人似乎正在一点点地消融,正处于消失的边缘,可那个人真的是她吗?她想,那个人是谁?转念一想,不对,此刻的她不是正站在这里,站在窗边往外看吗?那为什么会有这种念头,以为自己正站在大路上,似乎正在一点点地消失，为什么会看见这种情形，而且心里还在不停地琢磨这种事，不，不可能是这样的，她想，此刻她正站在这里，伫立窗前，从这里往外瞧，但是她不可能一直都这样站立窗前，不过话又说回来，她确实经常站在这里，几乎所有的时间她都是像现在这样立在窗前，站在这里向窗外眺望，有时候她也看看下面那条大路，还有它旁边的那条小道，她想，他们就是这么称呼这条小路的，这条小道，不离大路左右，听上去还挺可爱的，或者说就是为了给这条路起个名字，于是就这么叫习惯了，小路从老房子这边往下，最终会入大路，老房子是他们的家，是他们居住生活的地方，这栋房子最古老的部分已经有好几百年的历史了，后来的人在老房子的基础上这儿添一块，那儿加一点，慢慢地就变成了现在的样子，她在这栋房子里已经住了二十多年了，哦不，有那么长的时间吗？难道真的已经过了这么久？她想，这么说来她与他的第一次见面迄今已有二十五年了，自打她看见他朝她走过来，披着一头黑色长发，就在那个瞬间，她基本上就确定他们终会走到一起，后来事情真的就是这样，她一边想一边望向窗外，那条大路顺着峡湾的方向蜿蜒伸向远方，渐渐变成了一条细细的线，无论她走到哪里都看不见他，她想，她又看见那条小道，从大路岔出来伸向海湾和船屋的方向，最后折向内陆，然后她的目光落到了峡湾上面，峡湾静静地躺卧在那里，一如既往，充满变数，她又将目光转向峡湾对岸的山峦，这些山峰陡峭险峻，它们穿透游离不定的苍白色天光，径直从灰黑色的天空俯冲至峡湾下方的林木生长地带，这个季节的森林是黑色的，倘若此刻树木能够重新变绿，焕发出那种闪亮的绿色，那该多好啊，她边想边用目光再次睃巡远处的群山，正遐想之际，她仿佛看见对面的群山长吁一口气，哦她得赶紧打住，不要再胡思乱想了，否则怎么会看见一座会出气的山峰，这有点不合常理，可是它看起来又确乎像是那么回事，只见群山在渐渐远去渐自降落的过程中吐纳自如，它沉入远山下方的林木生长带，落在山脚处以及它下面的草地和房屋之上，山脚下有零星散落的房子，一些彼此为邻，再往下沿着峡湾边上可以看到一条细细的线条，这便是那条大路了，它蜿蜒曲折，一度几乎要伸向内陆，有好长一段距离它远离峡湾不见踪影，几经曲折困顿，才又重新绕回到峡湾边上，这倒也正常，现在它看上去就是一条全黑的道路，通常在晚秋时节它就是这副模样，整个冬天也是如此，可是等到了春天和夏天的时候，那可就完全不一样了，她想，那时候所有的东西都是碧蓝碧蓝的，亮闪闪的，或是翠绿的，天空与峡湾坦然相对，它们拥有这世上最纯粹的蓝，在海岬上方发出炫目的光芒，真的就是这样，很快峡湾就将再次迎来这样的光景，但是她想她不能一直就这样站在窗前，为什么要这么一直待着？她不应该再去想那些已经想过无数遍的事情，让它成为每日例常，可她还是站在原地一动不动，注视着峡湾中央的某个地方，她看呆了，几乎迷失了自己，她躺在长凳上，看见自己站在窗前，他也站在那里，她知道他常常喜欢站在窗前，在他失踪之前，在他永久地消失之前，就像现在她眼中的自己一样,他常常站在那里看了又看,窗外夜色浓重,他与黑暗难舍难分,或者说黑暗与他几乎无法剥离,这就是他留在她记忆中的样子,他是怎样站在那里,又怎样说着他要去海边一趟,她想,她从未或者说几乎从来都没有与他一起去过峡湾,她不喜欢峡湾,但是或许她应该经常陪他出去才是,如果那天晚上有她陪着他一起出去,也许就没有后来发生的事情了,那么这会儿他还会在她身旁,可是她不能这样想,因为这不会有什么结果,她想,她从来都不喜欢出海,确实如此,而他却喜欢,一直以来他都尽可能地想办法到峡湾里划船,每天如此,有时候一天去两趟,然后他就这样走了,消失了,再也没回来,他一走了之,将她独自留在这里,他们没有孩子,只有彼此,他和她,就只有他和她,她想,他曾经在这里生活过，然后离开了，消失了，他朝她走过来，披着一头黑色的长发，在这之前她从未见过他，他就这么走近她，然后，呃，她当然稍做犹豫，然后朝他奔去，她想，她就这么和他在一起了，住在他的房子里，和他在一起生活了许多年，然后有一天就像当初他突然走近她那样，他离开了她，现在距他们初次相识又过去了许多年，再没有人见过他，他就这么走了，他曾经在这里生活过，然后他消失了，离开了，永远地去了,可是他失踪那天出门前说过什么话吗？他离开前说的是什么？他说过什么？好像他说要去峡湾那边一小会儿？他经常这么说，他想划着小船到峡湾去，他说的也许就是诸如此类的话，又或许他说他想出去钓鱼，反正就是这一类的话，或者他说的就是一些日常话语，时常挂在嘴边的话，想起来随口就说，就像普通人那样，她一边想一边望向窗外，她看见自己站在窗前，然后她看见她穿过房间，走到火炉前，拿起一块木头，弯腰将它送进炉膛，然后她起身转向门厅的方向，这时候门开了，他站在门口，走进屋子，门在他身后关上了

  我，我打算去峡湾一小会儿，阿斯勒说

  好的，西格涅说

  外面的天色稍微亮了一点点，阿斯勒说

  是的，恐怕是这些天来比较亮的一天，西格涅说道

  无论如何光线是够了，可以出去走走，阿斯勒说

  嗯，再说你出门也不需要多少亮光，西格涅说

确实，阿斯勒说

那我就出去走走啦，阿斯勒说

去呗，西格涅说

再说你对划船出海这事一直是乐此不疲的，西格涅说

其实，有时候也会觉得厌倦，阿斯勒说

真的吗? 西格涅说

是的，阿斯勒说

那为什么还要去划船，你几乎就没停过，西格涅说

大约就是习惯了吧，阿斯勒说

就是想去，西格涅说

嗯，阿斯勒说

你其实根本就不想划船，西格涅说

不想，阿斯勒说

你就不能待在家里哪儿也不去吗?西格涅说

也不是不行,阿斯勒说

不是不行,西格涅说

也许我就是喜欢坐在船里出海的那种感觉,阿斯勒说

两人目光下垂,站在那里,看着地面

你其实是不想和我在一起,这才是原因,西格涅说

不,不是这样的,阿斯勒说

可你的那条船也太小了,西格涅说

我喜欢,阿斯勒说

这条船跟着我好多年了,它是一艘很棒的木船,一艘好船,这你是知道的,阿斯勒说

我当然知道,西格涅说

实际上在我看来它并不合适,它细得像根

牙签，随时都会有危险，西格涅说

　　我见过比这更好的船，西格涅说

　　可我就喜欢这条船，阿斯勒说

　　你不能换条大点儿的船吗，一条安全一点的船，西格涅说

　　我不想换新船，阿斯勒说

　　你怎么这么喜欢这条船，西格涅说

　　我认识做这条船的人，他替我造的这条船，阿斯勒说

　　他一辈子都在造船，后来他帮我做了这条船，阿斯勒说

　　在制作的过程中，我还时不时地跑过去看看，阿斯勒说

　　嗯，西格涅说

　　你记得的，阿斯勒说

是这样，西格涅说

住在海湾那边的约翰尼斯帮我造的这艘船，阿斯勒说

嗯，那是他的名字，西格涅说

所有人都这么叫他，海边的约翰尼斯，阿斯勒说

他过世好些年了，阿斯勒说

时间过得真快啊，阿斯勒说

海边的约翰尼斯给人做了一辈子的船，我的这条船是他做的最后一艘船，阿斯勒说

你是不是特意让他给你做条小船，比通常给别人做的船要小，西格涅说

呃，算是吧，阿斯勒说

确实小一些，阿斯勒说

我想要一艘稍微小点的船，阿斯勒说

那是为什么,西格涅说

我觉得那样会显得好看一点,阿斯勒说

可是那样一来船的稳定性就比其他的船差点儿意思了,西格涅说

也不全是。阿斯勒说

然后她看见他朝着门厅的大门走去,

你要走了吗,西格涅说

他停下来,看着她

是的,阿斯勒说

可是,西格涅说

你懂的,阿斯勒说

我就出去走走,今天的风太大,没法在峡湾里划船,阿斯勒说

听起来不错,西格涅说

就走一小会儿,阿斯勒说

嗯，一小会儿，去吧，西格涅说

风刮得太厉害了，外面还是很黑，虽说在这个季节天光算是够亮的了，西格涅说

是的，阿斯勒说

她看见他走到门厅外，随手将身后的门带上，她躺在长凳上，看见自己从厨房里走出来，她觉得自己躺得太久了，成天不是躺着就是站在窗前，之前他在家的时候她也是这样，为什么她总是看见他从外面进来？为什么她不停地看见自己离开窗前走进房间站在房间中央的地板上？为什么她老是看见自己站在这里和他说话？为什么她总是听见他在说话？还有她自己说话的声音，为什么会这样？为什么他一直在这里？因为他已经走了，已经离开许多年了，他消失了这么多年，可是他仿佛还在这栋房子里，她看见门开了，她看

见他站在门厅里,走进房间,听见他说着那些说过许多遍的话,就算他永远消失不见了,一切还会是这样,现在和将来都不会改变,他会一直待在这里,说着他常说的话,走着他惯常走的路,穿着他曾经穿过的衣服,她想,那么她呢,她又该怎么办?是的,她会和往常一样,继续躺在那条长凳上,或是站在窗前向外张望,她想,是的,这会儿她又像平时一样站在那儿,或是躺在长凳上,她看见自己走出厨房径自来到窗前向外张望,她躺在长凳上想,她再也受不了了,她不明白这是怎么回事,为什么好像他还活着,正走在下面那条小道上,哪怕在过去经年累月之间她曾无数次看过他走在这条小道上,此刻她仍能感觉到他正行走在这条小道上,她想,她看见自己正站在窗前,望向窗外的黑暗,瞧啊，快瞧，她看见什么了，站在窗前她看见他正走在那条小道上，头上戴着那顶黄白色的旧绒线帽，她非常肯定他是在去往峡湾划船的路上，她一边想一边转身看着眼前的长凳，她看见自己正躺在长凳上，这不可能，绝不可能! 此刻她明明是站在窗前，怎么却又看见自己躺在长凳上，长凳上的她显得那么的衰老和疲惫，她的头发全花白了，只是头发还是挺长的，想想看，她站在窗前向外张望，回过头却看见自己躺在长凳上，一副苍老的模样，她一边想一边朝火炉看过去，炉子的旁边有一把椅子，她看见自己居然坐在那里! 她看见满头灰发衰老不堪的自己躺在长凳上，与此同时又看见自己正坐在炉边的椅子上，她正坐在那里织着一件黑毛衣，就是他一直穿在身上的那件，直到现在他还穿着这件毛衣，她想，她看见自己坐在炉火旁，一边注视着燃烧的火苗，一边双手不停地织着毛衣，就是他一直穿在身上的那件黑毛衣，她有着一头乌黑浓密微微卷曲的长发，她转身看向长凳，看见自己躺在长凳上，头发灰白，但是头发还是很长的，她又望向窗外，她看见他正顺着小路往下走，刚才他戴了一顶黄白色的绒线帽子，她觉得那帽子真难看，他不想回头，如果此刻他回过头，就可以看见她正站在窗边，对着窗外张望，她的身后是室内的灯光，她站在那里，他可以清楚地看见她，她望着窗外，他不想回头，不想朝她所在的方向看过去，他只想到大路上走走，今天天气不好，不适合去峡湾划船，风很大，天光暗淡，虽然这已经算是比较亮了，很快黑暗又将笼罩一切，他想，今天最好还是在陆地上活动，他想，无论如何这是他必须告诉她的，但是不管怎样能出来走走总是好的，他边想边开始沿着大路往下走，天黑得可怕，已经是深秋了，此时已经进入了十一月末，今天是一九七九年十一月末的一个周二，这会儿才是下午天已经黑得像夜晚一样，这个季节就是这样，一年当中的深秋时节，他想，过不了多久，黑暗就会降临，到那时候整天都是黑漆漆的，一丝光线也没有，他想，能出来走走也是挺不错的，他喜欢这样，他想，有时候出门是件挺难的事儿，确实，可是一旦你走出来了，一切就好很多，他喜欢走路，他不过是需要走动起来，真正地动起来，重新找回自己的节奏，像这样就很好，他想，它使得生活的重担略微减轻了些，从运动中剥离，将那些黏滞的充斥于日常生活的阴暗抛到脑后，走路的时候，他感觉自己像是一块有年头的上好的木料，呵呵，好吧，这个想法真够傻的！他承认这是够傻的！可是他觉得自己就像一艘结实的老船上面那些品质上乘的船板！他不仅是在想，而且还是想着这样可笑的事情，想想看他居然可以把自己比做一块老船的上等船板，他怎么会有此想法？这么想似乎不对，把自己想象成一块船板，他怎么会这样？他一边想一边抬头望向天空，注意到周围已是漆黑一片，而此时才刚刚是下午，四周暗不见天日，还有点儿冷，幸亏穿了那件黑色厚毛衣，他想，他加快了脚步，感觉黑暗在飞速地逼近，似乎他走得越快天也黑得越厉害，他是不是觉得有点冷，没有，不会的，他穿得很暖和，再说他穿着她为他织的毛衣，就是他们在一起的第一年冬天她为他织的那件，天冷的时候他几乎一直都穿着它，确实很保暖，为什么他一直穿这件毛衣，也许并没有什么特别的理由，实际就是这样，他一边想一边望向峡湾，周围很安静，强劲的海风比刚才稍有减弱，他想这会儿他是不是可以上到峡湾那边？为什么他老是想去峡湾划船？几乎全年不歇，其实他并非特别想去，不过就是去了，他想，他每天到峡湾那边划船，不管天气如何，无论好坏，这是为什么？为了去钓鱼吗？呃好吧，他确实偶尔去钓鱼，但是很久以来他对钓鱼已经没有那么大的兴致了，所以他想这也就不奇怪为什么今天他选择了散步，他很少这样做，他几乎想不起来上次沿着这条大路散步是什么时候了，那干吗今天不走一趟呢？不，为什么要这样想，为什么做任何事情一定要有个理由呢？他想今天就沿着这条大路走上一小段吧，然后原路返回，回家，回到那栋老房子里，回到他们的家，他在这栋房子里住了一辈子，先是和父亲母亲还有兄弟姐妹，后来又和她，和他娶来的女人住在这里，这是一栋很棒的老房子，究竟有多老，谁也不知道，但是它确实是一栋老房子，有年头了，房子立在原地大约有好几百年的时间了，可是天怎么黑得这样快？几乎是一瞬间就全黑了？他一边想一边看向峡湾，巨浪猛烈地拍打着岸边，他可以隐约看见海浪，或者说是听到海浪的声音，他想他该往回转了，该回家了，可是他打心底里不愿意回去，为什么不想回家？是因为她吗？因为她在家里等他？此刻，她正站在亮着灯光的窗前，是因为这个他才不愿意回家的吗？似乎也不是，他觉得有点冷，现在天快黑了，几乎和天黑的时候一样，周围全黑了，他想他该回家了，但他仍站在原地不动，看着海岸和波浪，他的目光顺着陆地的方向睃巡，然后又沿着峡湾的方向观望，他看见峡湾和它沿岸的山峰几乎与黑夜融为一体，分不出彼此，现在他该回家了，他一边想一边开始往家走，没有多远的路，但他还是走了有好一阵子，他想，这会儿她该在等着他了，她总是在等他回家，此刻她正站在窗前，她总是站在窗前，看着、守着，他一边想一边继续往前走，等他走得再远一点，到了转弯的地方，就可以回头看见家，望见那栋老房子，他看见房间里面的灯光，还有站在窗前的她，他非常确定她会站在窗前，站在亮光里，四周镶嵌着黑暗，她正望着他，哪怕她看不见他，可她还是会望向他的方向，然后她看见他了，最终总是这样的，他想，他转过一个弯，回头朝老房子家的方向张望，她就站在那儿，站在亮着灯的窗前，望向窗外的黑暗，他知道她看见他了，她总是能发现他，他想，他不要看那扇窗户，也不要看见她站在那里，这么想着，他的目光转向岸边，在海岸附近，船屋的下方有一团燃烧的篝火！噢不，这挺奇怪的，不合常理呀，他思忖着，随后他又感觉这一切再正常不过了，本来就该是这么回事，篝火就应该出现在岸边的船屋前面，没什么好大惊小怪的，然后这团火离他越来越近，几乎到了他的正下方，离他不远了，此时它不再位于岸边船屋的前面，而是在他的眼皮底下，他继续往前走，低头一看，看见什么了？这也太不可思议了，他看见那堆火又跑到了岸边的船屋前面，就在海湾那儿，他看见那火在渐渐变小，最后缩成一小团火焰，黑暗与大风中有几撮火苗在微弱地闪烁，沉甸甸的黑夜里，小火苗一会儿从这里冒出来，一会儿又出现在其他地方，这黑夜就和他本人一样沉重，浓密深厚，现在它索性直接变成了一整片黑暗，变成了一幕黑色剧，然后他又看见远处有火苗微微一闪，随即便消失了，四处一片漆黑，不一会儿，火苗重新出现，这时候有好几处地方同时出现了火苗，火苗越来越大，最终聚成了一堆篝火，就在那边，海湾附近，船屋的下方有一堆熊熊燃烧的火焰，他边想边停下脚步，注视着那堆火。火开始变大。就在下面岸边的地方，有一堆火在熊熊燃烧。然后这团火又靠近他了。他想，一定是因为天太黑，与此同时他又觉得很冷，以至于无法说清楚火苗的具体位置，但是他看见火了，他确实看清楚有一团火，还有黑暗中红黄色的火焰。它看上去是那么温暖，美好无比，因为天太冷了，是的，他想，天气冷得他只好不停地走，没法站在原地不动，太冷了，他一边想一边开始快走，他被冻坏了，冻得他只好疾行，他不记得什么时候的秋天有过这么冷的时候，他想，这倒像是回到了小时候，至少那时候，他记得天气都是很寒冷的，峡湾里结满了冰，山上覆盖着白雪，天寒地冻，但是这些年的秋天一直都还是比较温和的，直到今年秋天，寒冷天气再次杀了回来，他想，他已经好多年不再戴帽子了，那种小时候戴的红色编织绒线帽再也找不到了，它们都到哪儿去了，又是从哪里来的？他想，这些东西都没了，羊毛帽和过去的岁月都一起消失了，但是后来，他想，他还是找到了一顶帽子，一顶宽松的黄白色羊毛帽，应该是奶奶留下来的，奶奶嫁给了爷爷奥拉夫，他很小的时候爷爷就去世了，他对爷爷奥拉夫几乎没有什么印象，但是他绝对记得奶奶戴过一顶这样的帽子，它一直留在他的记忆深处，实际上总会有一两样东西给人留下深刻印象，是的，他记得奶奶朝他走来，头上戴着一顶这样的帽子，他还记得她穿着一件蓝色外套，一只手拄着拐杖，因为上山的那条大路很滑，按奶奶的话说，手里拿根拐杖可以帮助她站稳脚跟，平衡身体，免得摔跤摔断骨头，她的另一只手拎着一个红色购物袋，那时候奶奶的头上戴着一顶黄白相间的羊毛帽，就是现在冬天他常戴的这顶。他想，他这是要去往奶奶那里吗? 因为他看见奶奶正朝他走过来，于是他迎了上去

奶奶，奶奶! 阿斯勒喊道

奶奶，你这是去买东西吗? 阿斯勒喊道

奶奶冲着他微笑，头上戴着那顶黄白相间的羊毛帽，就是那顶他现在一直戴着的帽子，她让他在家里等着，等她回家，然后给他看她买了些什么

跟我回家吧，你马上就会看到了，奶奶说

我买了几样东西，她说

他注意到奶奶的购物袋挺沉的

我帮你提吧，阿斯勒说

还是让我自己来吧，奶奶说

自己拎东西比较容易些，这样可以让我的步子保持平稳，她说

不过你可以帮我拎购物袋的一只提手，这样也能起点作用，你真是个好孩子，她说

有人搭把手总是不错的，她说

于是他拎起购物袋一侧的提手，奶奶将她

的两根手指头搭在他冰冷的手上，他们一起提着购物袋慢慢地，一步一步地沿着小路走上去，两人谁都没有说话

你是个好孩子，阿斯勒，奶奶开口说话了

他们继续走路，他感觉到奶奶冰冷而略微僵硬的手指搭在他的手上，他想把手抽回，可是他又不敢，现在他走上了那条大路，他想，他来到了房子下方的一块平地，那是邻居家的农场，他是不是听见有人站在院子里说话？能听见两个男孩说话的声音吗，还是没有？不，也许什么也没有，他想他现在得回家了，他一边想一边注视着下面岸边的那团篝火，此刻火势很旺，但他还是分辨不出这火究竟是在海湾的船屋下边还是距离他很近的地方，他想，它燃得很旺，这火苗，很美，红黄色的火焰显现在冰冷的黑暗之

中，借着火光他看到海浪拍打着岸边的礁石，或者说他并未见见什么海浪，他想，他只是看到海水冲上岸边的礁石，然后再从礁石表面流泻而下，起伏不定的波浪打湿了岸边的石头，然后又退回大海，他站在原地一动不动，借着火光看着被海水打湿的礁石，然后他又转向那团火，火里面好像有个身影？是人吗？火光中他看见一张留着胡子的人脸，然后他看见灰白色的胡须开始燃烧，接下来那人灰白色的长发也烧了起来，在火焰的正中央他看见一双瞪大的眼睛，眼睛里面似乎有什么东西被大火吞了进去，随后化作一缕青烟在冷空气中散去，他又看见许多双眼睛却只是不见脸，它们不是人脸，而是一些痛苦扭曲的鬼脸，只是不见躯干，然后他看见类似眼睛的东西，听见似乎有嚎叫的声音，这哀嚎声起初从一只眼睛里发出，接下来又有许多只眼睛发出零星的嚎叫声，伴随着一声巨大的嚎叫，火焰升腾，声音消失在黑暗之中，眼中发出的声音与肉眼看不见的烟雾一同升入空中，他不停地走着，天太冷了，他得回家了，他想，这时候待在外面真是太冷了，哪怕房子是老了一点，可是进到老房子的房间里面还是很暖和的，他想，他们有一个很棒的炉子，炉子里生着火，木头是他亲自弄来的，夏天的时候他自己伐木，等到了秋天他把木头锯成合适的长度，劈开，然后再把它们叠堆起来，这样容易风干，他想，嗯，是的，他们有木柴，有足够的燃料，暖暖和和的，真好，临出门前他还塞了一块木头进炉膛里，他想，这会儿她恐怕又添了不少木头进去，这样火才不会熄灭，她当然知道怎么做是好，这样一来，房间才会变得温暖惬意，他这么想着，开始沿着通往老房子的小路向上走去，此刻他不可以再回头望向岸边，他得回家了，他也不能再想着去峡湾溜一圈，天气寒冷而黑暗，他不要再想那些东西，他停下脚步，转过身，回头望向岸边的方向，那团火还在，只是小了许多，现在只剩下一丁点儿在岸边燃烧，这么说，他想，是之前的那堆火快要燃尽了，还是说这是另一堆火？真有可能是另一堆火吗？是的，肯定是了，他想，因为之前他看过的那火要比现在大许多，那可真是熊熊大火，可是现在他只看到这一小团燃烧的火焰，他边想边朝着家的方向望去，那是老房子的方向，还有它的窗子，此刻她正站在窗前，她那瘦小的身子，还有她那一头黑发，她正站在那里向外张望，她，他的妻子，正站在那里看向窗外，仿佛她已成为窗子的一部分，她正站在那里，他想，总是如此，永远如此，每当他想起她，就会出现这样一幅她站在窗前的画面，也许一开始她并非总是如此，可是从什么时候开始她一天到晚都站在窗前，他想，他记忆中的她就是这副模样，身材瘦小，黑发，大眼睛，四周的黑暗如同相框般将她框住，他一边想一边回头再次望向海岸，有一小团火在岸边燃烧，就在船屋的下方，然后他看见，哪怕天很黑他还是如同白昼般清晰地看见一个妇人和一个孩子，只见她一手抱着孩子，另一只手里拿着一块带树皮的木板，她将木板扔进火堆里，站在一旁注视着燃烧的火焰，然后她拿来一根插着羊头的棍子，棍子的一端从羊的颈部开口处插入，然后再从羊嘴里伸出来，她把穿着羊头的棍子拿到火上，孩子在她的怀里晃动着，她将羊头放在火上来回转动，羊毛着火燃烧起来，一股烧焦的煳味在四周弥漫开来，她将插着羊头的棍子浸入峡湾的水中，片刻之后接着放到火上炙烤，于是空气中再次充满了烧焦的味道，她把羊头在火上转来转去，如此反复。那是艾丽丝，他想，他看见她了，他认识她。站在火边的那个人就是艾丽丝，他想，她就是艾丽丝，他的曾曾祖母，他非常确定。这是艾丽丝，他的名字就是从她而得的，或者说随了她孙子阿斯勒的名字，就是那个在海湾中意外溺亡，七岁便夭折的孩子，也是他爷爷奥拉夫的兄弟，他与他同名。但是站在那边的人是艾丽丝，他想，她看上去只有二十来岁，那个大约两岁的男孩名叫克里斯托夫，是他的曾祖父，克里斯托夫后来成为他爷爷奥拉夫的父亲，同时也是阿斯勒的父亲，他后来也取名叫阿斯勒，与他同名的那个孩子在七岁时溺亡了，他想，他看见克里斯托夫在艾丽丝的怀中哭闹，艾丽丝放下手中插着羊头的木棍，将克里斯托夫放在岸边，克里斯托夫摇摇晃晃地尝试着用他的两条小腿站起来，接下来他小心翼翼地迈出了第一步，他让自己稍稍站稳，再迈出第二步，然后他摔倒在地，开始大声哭叫，艾丽丝说，哦不，谁让你自己站起来的，你就不能安安静静地坐着吗？然后她放下手中的活儿，把克里斯托夫抱起来，搂在怀里

你这个小宝贝，你真是个小宝贝，艾丽丝说道

别哭了，不许哭啦，这才是乖孩子，她说

于是克里斯托夫止住了哭声，抽噎着，不一会儿就高兴起来，艾丽丝将他放在刚才的那块

石头边上，重新拿起羊头在火上炙烤，她不停地翻转羊头。然后克里斯托夫又站了起来。他再次小心翼翼地向前探出一步，接着是第二步。艾丽丝站在一旁，她在火上来回翻转着那根穿着羊头的棍子。那是艾丽丝。艾丽丝正站在火边。他想，他看见艾丽丝披着一头乌黑浓密的黑发，一双短腿支撑着她窄窄的胯部，她就是艾丽丝，她是我曾祖父的母亲，克里斯托夫的母亲，我的爷爷奥拉夫和阿斯勒是克里斯托夫的儿子，我随了阿斯勒的名字，就是那个七岁时在海湾被淹死的男孩，他在生日那天得到了一条小木船，同日，他在海湾下面划小木船的时候溺毙了，他想，他看见克里斯托夫在下面蹒跚行走，这一切进行得非常缓慢，他迈出一条腿，站在原地好一会儿，再迈出第二步，他前后摇摆着往前挪，然后克里斯托夫走到一堆羊头前面站住了，他拿手触摸羊的嘴，用一根手指探进羊的鼻孔里，然后又快快地抽出来，他呆立在那里，看着这些羊头，他盯着一只羊的眼睛，把手放在羊眼睛上感受它，再猛地把手收回来，克里斯托夫站在那里仔细观察羊的眼睛，他把手放在羊眼睛上，用手按住它的眼皮，把它往下拉，盖住羊的眼睛。他站在那里，看着羊眼睛。然后艾丽丝转身朝克里斯托夫走过来，挥舞着手中那根插着烧焦羊头的木棍，她说你真的愿意一直坐在那边看着那些毛乎乎血淋淋的羊头吗？这里可不需要你来帮忙，艾丽丝说着，她走到一个饲料槽旁，把羊头卡在木槽的边缘，将羊头从棍子里抽出来，然后艾丽丝走向那堆羊头，把刚才被克里斯托夫合上眼睛的那只羊头拿棍子穿上，她走到火边，将羊头放在火焰上炙烤，顿时一股刺鼻的气味散发出来，艾丽丝说，哦不，我的小宝贝儿，这味儿可不好闻呢，然后她将燃烧着的羊头放进码头下边的水中，着火的羊毛在水中发出嗞嗞的声响，克里斯托夫吓了一跳，害怕地看着躺在眼前的羊头，后来他发现它和之前的那些羊头一样，都是悄无声息一动不动地躺在那里，于是他把手伸进一只羊张开的嘴里，快快地触摸一下羊舌头，再一把揪住它的牙齿

别碰那些羊头，艾丽丝说

那可不是拿来给你捅着玩的，她说

你要做个听话的好孩子啊，她说

克里斯托夫把手收回来，看着艾丽丝，突然他发现蓝色的水面上躺着一艘深褐色的漂亮小船，于是他迈出一步，接着再迈出一步，他盯

着那艘船走上码头，越走越远，蓝色的水面上漂浮着一艘深色小船，最后他几乎是一溜小跑地直接冲到了码头边缘，他继续向前迈出一步，一脚踩了空，随即掉入水中

克里斯托夫，老天保佑你！艾丽丝尖声叫道

艾丽丝扔下手中的活计一个箭步冲到码头边上，她趴在码头边缘，伸出胳膊在水中到处乱摸，她摸到克里斯托夫的一只脚，一把抓住那只脚往上拽，接着她又抓到了他的一只胳膊，一下子把他从水里捞了出来

你可真够闹的啊，艾丽丝说道

我稍微一个没看住，你就跑进水里了，她说

你真不让我省心，她说

这究竟是怎么回事？她说

克里斯托夫突然使出全身力气大声哭喊，

艾丽丝一把将他抱起，搂在怀里，急匆匆朝船屋的方向跑去

　　水里这么冷，咱们得进去让你暖和一下，她说

　　你可不能给我冻病了，我的小宝贝，她说

　　我的小心肝儿，你可不能生病了，现在妈妈哪儿也不让你去了，嗯，她说

　　你是我心爱的宝贝，克里斯托夫，她说

　　艾丽丝给克里斯托夫揉搓后背，克里斯托夫开始发抖，浑身上下颤抖不停

　　你可不能冻病了，克里斯托夫，好宝贝儿，艾丽丝说

　　可别，千万别……她说

　　你可不能生病，你是个乖孩子，她说

　　于是，站在那条小路上，他看见艾丽丝从

山下朝他走来，怀里紧紧抱着克里斯托夫，现在她开始一路小跑，一对大眼睛和脸颊周围满是浓密乌黑的乱发，艾丽丝迈着她的一双短腿尽可能地快跑，克里斯托夫的身体开始剧烈地颤抖起来，这风，这雨，还有这份无尽的黑暗，他想，他真的得回家了，他不能老站在这条小路上而不进到自己的房子里面，那是他生活了一辈子的地方，他想，他看见艾丽丝从他身边匆匆而过，他看着她的背影，艾丽丝的背影，他的曾曾祖母的背影，那是她，那就是艾丽丝，他看见她急忙转过房角，一头齐腰的长发，窄窄的胯，两条腿又细又短。那是艾丽丝。那是他的曾曾祖母，年纪大约在二十岁左右，他想，她怀中那个被她紧紧抱在胸前的男孩，大约只有两岁，那是他的曾祖父，克里斯托夫。他随着她绕过房角，看见她抱着克里斯托夫穿过门厅进到房子里面,他看见门关上了,躺在长凳上的她看见门厅的大门打开了,一个披着黑色长发的小个子女人走了进来,她长着一双大大的眼睛,怀中抱着一个男孩,只见女人急匆匆穿过房间奔到她正躺着的长凳旁,将男孩放到那条长凳上,然后女人把男孩的内裤毛衣统统剥下来,男孩被脱了个精光,女人将孩子平放在她身旁,然后这个女人开始一遍又一遍地揉搓孩子的背部

好了好了,我的好乖乖,这样就不会再冷了,那女人说道

我的好宝贝克里斯托夫,这下子你的全身就暖和过来了,女人说道

现在可别再挨冻了,她说

妈妈在这儿给你搓搓暖和,你是个好孩子,

她说

　　艾丽丝一遍遍揉搓克里斯托夫的整个背部，她看见艾丽丝站起身，她看着躺在她身旁的克里斯托夫，只见男孩全身湿淋淋的，身体在一阵阵发抖，他在轻轻地抽泣，她看见艾丽丝起身推开卧室的门走了进去，不一会儿她抱着一床羊毛毯出来，她走到长凳跟前，将毯子整个盖在克里斯托夫身上，然后在长凳边坐下，再次揉搓克里斯托夫的脊背，一遍又一遍地揉搓

　　好了，我亲爱的克里斯托夫，你现在暖和过来了吧，好宝贝克里斯托夫，艾丽丝说道

　　好了，好了，小乖乖，我的好孩子克里斯托夫，艾丽丝说道

　　想想吧，你刚才掉进了水里，你还这么小，幸亏妈妈看见了，是啊，她说

她看见艾丽丝一遍遍地揉搓着克里斯托夫的脊背，然后她望向窗户，看见她自己正站在窗前向外眺望，她一直站在那儿，为什么要一直站在窗前？似乎没有什么理由一直站在窗前？她听见克里斯托夫逐渐变得均匀的呼吸声，她看见艾丽丝站起身，走出厨房门，她注视着克里斯托夫，然后伸出双臂环绕住他，拥抱他，揉揉他的后背，用手抚摸他的头发，她又看见自己站在窗前向外凝望，她已经在这里站得很久了，几乎是一动不动，她就这样一直站在窗前，在窗前她想了又想，这会儿他该回家了吧，为什么他还不回家？外面这么冷，刮着风下着雨，他怎么还不回来？她想，在远处的峡湾中间，她看见什么了？没有，什么也没看见，一切也许只是她的臆想？她想，这会儿也许她得出门去找他了,她想，因为她不能总是这样站着，这种天气下他不可能还出海吧？他会去吗？不会，他不可能去，她想，可是在海岸那边，她看见什么了，那是一团火吗？不可能呀，在这个十一月末风雨交加的黑夜，但是她确实看见一团火，不是吗？是的，就是一团火，她想，现在她得出去找他了，不管自己愿意与否，她转身穿过房间，她想她真的得出门去找他了，站在院子里，看着门前宽大的台阶，他想，他真的得进去了，台阶在户外微弱的光线中显得格外沉重，这样的天气，他没法一直站在门外，外面又是风又是雨的，还很冷，冷得不适合待在室外，他究竟是怎么了？他想，为什么不直接进屋呢？究竟是因为什么？为什么他一直在等？是什么让他止步？他边想边打开大门，门把手有点松了，掉了两颗螺丝，剩下的三颗也松动了，他得修理一下，他想，但是这好像有挺长时间了，没准已经有好多年了，好几次他对自己说该修理修理这门把手了，他想，他倒是一直惦记着这事儿，但结果还是老样子，恐怕非得等到有一天门把手掉到门口的台阶上他才会真的有所行动，他一边想一边走进门厅，周围的护墙板像往常一样，此刻正在和他说着些什么，就像每次他进到屋里那样，他想，它一直如此，无论他注意与否，墙一直都在那儿，似乎有无声的言语从中而出，墙的里面仿佛藏着一根大舌头，它在诉说着一些永远无法用文字表达的东西，只有他能明白，他想，墙说的都是些寻常话语背后的东西，那是属于墙舌头的语言，他站在原地，注视着墙，不，今天他这是怎么啦? 为什么会有这些举动? 他想，他将手掌平贴在墙面上，墙似乎正在与他喁喁私语，他想，那是一些无法言说的话语，就好比什么呢，好比你在抚摸一个人的时候发出的喃喃自语，他摩挲着棕色的护墙板，从他的指尖流露出一股爱抚之情，正在这时他听见脚步声，他把手收了回来，然后他看见房门打开了，她正站在门口

你终于回家了，真是太好了，西格涅说道

我……我真的非常担心你，她说

你是知道的，她说

然后他说他不过就是去大路上走了一小会儿，就是这么简单，他边说边垂下眼睛，然后又抬起眼，看见她正扶着门站在那里，她说他应该没有到峡湾去吧，他说没有，这个天气没法去，外面风太大了，再说还在下雨，天又这么黑，他说

可是，你……西格涅说

她声音里透出的焦虑与墙壁发出的沉静气息合为一体

嗯？阿斯勒说

之前你不是说想去吗，西格涅说

哦，我是这么说来着，后来我改主意了，我就只是在大路上走了走，阿斯勒说

她说那就好，若是放在从前，即使这么糟糕的天气他也要划船出海去峡湾的，她说，外面这么冷，他们还是赶紧进屋吧，她刚把屋子弄得暖暖的，可别把房间的暖气给放跑了

嗯，之前是有过这种情况，他说

有过什么？西格涅说

确实有过这种情形，我只说出去走走，因为风太大天太黑不能去峡湾，但最终我还是去

了,阿斯勒说

是的,之前有过先例,你说得对,西格涅说

但今天没有,阿斯勒说

你能现在回家真是太好了,西格涅说

他站在原地,他想,他是有点不知所措了

我,我真的挺担心你的,西格涅说

你怎么了?她说

进屋里来吧,别老是站在那里呀,她说

好的,阿斯勒说

他温柔地看了她一眼

我这就进来,他说

他还是站着不动

外面太冷了,咱们能进屋里吗,炉子里生了火,西格涅说

她走上前,轻轻地拉了拉他的手,但是即刻

就松开了，然后她走进房间，躺在长凳上，她看见自己走进房间，然后看见他也走了进来，她看见艾丽丝紧跟在他身后，然后她也走了进来，她看见自己走到炉子跟前，弯腰捡起一块木头，他看见她站在炉子前，俯身将一块木头扔进火苗的一侧，与此同时，他看见艾丽丝将一块木头送入炉膛，这么说他看见的不是她，而是艾丽丝，他的曾曾祖母，现在是艾丽丝站在炉子跟前将一块木头送入炉中，火光照亮了她的黑发，在房间一角那边的长凳上，他看见克里斯托夫躺在那里，身上盖着一床羊毛毯，然后他看见艾丽丝走到长凳边坐下，将手放在克里斯托夫的额头上

你不发烧了，克里斯托夫，是不是啊，艾丽丝说

你感觉暖和些了吗，她说

乖孩子，好好睡觉去吧，她说

他看见克里斯托夫点点头，然后他看见她站在炉子跟前，注视着炉中的火苗

你站在这里看着炉子里的火苗，对吧，阿斯勒说

我想是的，西格涅说

他看见她站在那儿，注视着炉中的火焰，火苗舔着木头，随后脱离木头往高处升腾，很快木头自身也变成了火焰的一部分，他转身看向窗户，炉火映射在窗玻璃上，与窗外的黑暗和雨水合而为一，此刻雨水正顺着窗玻璃流淌下来，他又听见风的声音

这风刮得挺吓人的，西格涅说

嗯，似乎越来越厉害了，阿斯勒说

他转身看长凳，他看见艾丽丝躺在长凳上，

拿胳膊搂着克里斯托夫，正慢慢地摇晃着身体

这些年秋天风暴似乎是越来越厉害了，阿斯勒说

尤其是最近几年，他说

也许历来如此，只不过是在逐年慢慢地变化，他说

不管怎样，和从前不一样了，他说

他踱到窗前，在窗前站住，朝窗外望去，现在风刮得更猛了，他开始担心他的船是否系得够牢，他说，也许他得快快地出去检查一下，她说，别呀，这种天气，你非得出去吗，他肯定已经把船系好了的，她说，然后他说也许吧，接着又是一阵狂风，把木墙刮得嘎吱响

好一阵大风，西格涅说

像这种刮风的样子，真是不可思议，阿斯勒说

我真的得去看看我的船，他说

别去，难道非得现在去不可吗？西格涅说

没啥大碍，阿斯勒说

那小心点，西格涅说

他往窗户靠得更近一点，想看清楚外面的情况，但是外面除了黑暗一无所见，雨水顺着窗玻璃直泻而下，他说我得走了

好吧，快去快回，西格涅说

我就去看看船，阿斯勒说

再说我穿得挺暖和的，他说

你给我织的这件毛衣真不错，他说

他冲她笑笑，然后她看着他走出门厅，随手关上了门，她躺在长凳上，看见自己站在房间的中央，她想，为什么总是看见自己站在那里，她又看见艾丽丝坐在长凳边，撩开罩衫，将克

里斯托夫抱在胸前准备给他喂奶，克里斯托夫的小嘴一张一合地找到了奶头，立刻吸吮起来，她看见艾丽丝爱抚地摸着克里斯托夫乌黑的头发，她又看见自己走到窗前，站在窗前向外张望，她躺在长凳上，她想，他怎么还没回来? 发生什么了? 他为什么失踪了，她想，他一直都在这里，可是转眼就消失了，她想，他的船，后来被人发现漂浮在峡湾的中央，在十一月末一个漆黑的秋天的夜晚，船里空荡荡的，那是在许多许多年前，距今大约有二十三年了，那是一九七九年，那天是周二，事情就是这么回事，他再也没有回来，她想他不过是在峡湾里找了一个地方长时间地待着，他迟早还是要回来的，时间一点一滴地流逝，她无法忍受再去想这件事情，那种切肤之痛，她想，她不愿意去想它，她想，因为他真的走了，再也不会回来了，她也曾走出去找他，站在码头上，在黑暗中，风里、雨里，呆立在那里，苦苦等待，他很快就会回来吗？为什么他还不来？可是他再也不会了，哦不，她不忍做此设想，再也不会回来了，倒是那条船，停泊在海湾的水面上，随着波浪起伏，撞击着岸边的岩石，船内空空如也，不，她不能再往下想，他再也不会回来了，他消失了，就这么走了，人们还真的四处搜寻过，是的，大家到处找他，她不忍再想，经历了好几天的搜救，最后在岸边发现了那艘空船，船被海浪冲到岸边，隔壁农场的两个男孩后来把船烧掉了，挺简单的，她想，总不能看着这艘船就这么瘫在岸边慢慢散成碎片吧，她自己没有力气亲自动手，于是那艘船就这样被扔在岸边一年多的光景，直到隔壁农场的两个孩子过来问她是否可以让他们在仲夏节的篝火晚会上把这条船烧掉，当然可以了，她想，于是孩子们把船烧掉了，这下船也没了，她不应该再想这事，她无法忍受这一切，她想，她不应该想这事，她快要受不了了，她不能再想这事了，她想，也许她从未真正了解过他，从见到他的第一眼开始就没有，她想，也许这也是为什么她觉得与他如此亲近的缘故，从他们第一次见面开始，当他披着一头黑色长发向她走来，自那以后，直到现在，或者说直到他消失前的那一刻，一直如此，一直都是只有他们两人，她想，为什么会这样？为什么？是什么将两人连接起来？或者说将她拴在他身上，嗯当然了，也将他拴在她身上，相比较而言，更多的还是把她拴到了他身上，但是，是的，他们被捆绑到了一起，他们，当然是他们——他和她，她和他，也许她对他的依恋更多一些，很可能是这样的，但这又能说明什么呢？不然为什么要想这些事，她想，因为他终究还是和她在一起了，他从未离开过，一直和她待在一起，直到他消失为止，她想，他曾与她紧密相连，自打第一次看见他朝她走来，他看着她，她兀自站在那里，他们望着彼此，冲着对方微笑，就像多年的老友，好像他们早就相识，他们如此开心，仿佛距离上一次见面已经过了难以估量的时长，再次的重逢令他们格外欢喜，喜悦与幸福带领着他们，引导他们走向彼此，又好似什么早已消失的东西，曾经从他们整个的生命中消失,现在却失而复得，近在咫尺，他们第一次见面的时候就是这种感觉，纯属偶然，一点儿也不难，也不令人害怕，不，一切都是必然，没有什么更多可做的，如此确定，无论她说什么或是做什么都不会改变这种结局，它带着一种必然性，一切早已决定，她想，是的，就是这么回事，他们没什么可做的，当然这还需要一点时间，事实上他不是个急性子，她也不是，而且他们也没啥可急的，情况已然，她想，无论他们做与不做，就是这样了，最终又过了一段时间，她收到了他的一封来信，信上说他费了好大的功夫才弄到她的地址，在信里他写了一些他的日常生活，寥寥几句，很普通的几句话，并没有使用什么华丽的词藻，但这就足够了，他不需要再多做什么，她给他回了一封信，是的她当然得回信，每每想起她写的那封信总会让她觉得有点尴尬，她想，哪怕他真的不会写煽情的话，她却是懂的，也会写，但是她不能再想这些了，因为如果说有什么是他不喜欢的那就是说些言过其实的大话，在他看来它们只是用谎言将事物的真相掩盖起来，拒绝真实的存在，令其成为人们心目中所谓完美的样子，他就是这么想的，在生活中他也是这样的人，他喜欢事物本来的样子，不喜欢自诩为大的东西，方方面面，所以他的船也是小的，一艘小木船，一艘手划船，就是那个，那个叫约翰尼斯的，对，这是他的名字，那个老人，住在海边的约翰尼斯造的，其实两者皆无法让人信赖，无论是造船者还是船本身，也许，不，她不该这么想，她想她看见自己站在窗前向外眺望，然后她又看见自己躺在长凳上，艾丽丝把奶头从克里斯托夫嘴里抽出来，孩子啼哭了几声就在艾丽丝的臂弯里睡着了，然后她看见艾丽丝脱掉罩衫，抱着克里斯托夫站起身，打开卧室的门，走进卧室，然后关上她身后的门，她又看见自己站在窗前，她不能再站在窗前了，站在窗前她在想，她不能再像这样站在窗前了，因为他一直没有回来，她得给自己找点事儿做，她得坐下了，给炉子添点木柴，无论如何她不能老站在这儿了，她想，因为他也许这会儿就要回来了，她想，是的，当然了，因为天气这么糟糕根本不适合待在户外，而他也不可能整夜待在峡湾，除非他那艘小船经得起这种风浪，因为那个造船的老人，身体也不是一直很好，试想一个一辈子待在船坞里面的人，成天对着船板敲敲打打，身体又能好到哪里，最终他造出了一艘小船，一条木头小船，手划的船，十五英尺长，或者有十六英尺，窄窄的，两头尖尖的，从船头到船尾都是薄薄的板子，这些板子将坐在船里的人与海水、巨浪，以及深不可测的峡湾分隔开来，从海面到海底，从有灯光、有黑暗、有空气的海面一直下潜、下潜、下潜到最下面的海床，至少有三千英尺深。这些薄薄的船板，每边三块，介于人和水之间，介于人与海底那巨大的黑暗之间，还有那些巨浪，就像有一次她与他一同出海，一个巨浪从船舷边拍过来，不，不，她不能想这些，她想，她看见雨水顺着玻璃窗流下来，窗外什么也看不见，只是一片漆黑，还有这风，吹啊吹地，今天的天气竟然可以变成这样，早些时候还是风平浪静的，可是到了现在却是风雨交加，诡异无比，她想，要是他这会儿可以回家，这样的等待，这样持续的等待，她一定是喜欢这样，喜欢这种等待的感觉，她想，躺在长凳上，她看见自己穿过房间朝着门厅走去，中途她停下来，眼神空洞地看着眼前的一切，她总是看见自己，她想，她几乎什么也干不了，一切都应该还是原来的样子，和原来一模一样，是的，是的，想了也无济于事，她想，然后她看见他出现在眼前，看见他怎样走近她，他那肩背微驼的走路姿势，还有那一头黑色的长发，突然之间他就出现在那里，站在那儿，仿佛他一直就在那里，是的，自那以后就一直是这样，她毫无办法，似乎没有什么法子可以逃离这种情形，她试过了，当然，她确实试过了，她东想西想，不停地给自己找事情做，但是无论她做与不做，最终总是会出现他们两人，似乎她的意志力无法左右这一切，于他也是同样的情形，无论他想与不想，他费了好大的劲试图摆脱这一切，可结果呢，是的，一切还是老样子，和以往一样，她想，她不能一直躺在这里，她想，她得起来，站起来，做点什么，她不能一直躺在长凳上，

她看见自己站在房子中间，眼睛里空荡荡的，她走向门厅的大门，伸手握住门把手，然后她看见自己站在那里，她的一只手搭在门把上，站在那里握着门把手，她想，他怎么还不回家？她老是在做着同样的事情，等待，再等待，可是他出去好长时间了，他就不能快点回来吗，她边想边松开了门把手，躺在长凳上，她看见自己走到窗前，她又看见自己停了下来，再次站在窗前向窗外眺望，她想，现在他真的该回来了，他想，该死，海水突然变得如此汹涌，真要命，今天的潮水涨得太高了，站在码头上，他想，天气糟得不能再糟了，潮水翻滚，每一个巨浪打过来都能冲到码头上，漫过他的鞋面，小船在风浪中剧烈地起伏，一下子被抛入高空，让人担心随时有倾覆的危险，前一秒钟它还在浪尖上，下一秒就跌

入了谷底，似乎后面的一波巨浪随时可以将它整个倾覆灌满海水，在它再次被抛上高高的浪尖之前，它跌得很深，一直跌入深深的谷底，如此反复不已，若是风浪变得越来越厉害，他的小船恐怕就岌岌可危了，他边想边转身，觉得自己还是赶紧回家比较好，这种天气反正什么也做不了，他想，不过天气似乎也没有那么差，不是吗？风很大，没错，可是那又有什么关系呢？小船看上去挺结实的，经得起这种天气下的风浪，他想，这么说今天他也许应该去峡湾跑一趟，因为船儿安然无恙，是的，他想，小船抗得住这些风浪，所以为什么不呢？为什么不出去遛一会儿呢，他想，他走到码头的尽头，浪花拍打着他的脚面，他解开系泊绳，将船拉入水中，只消一小会儿他就可以进入水中，进入风雨和黑暗之中，他告诉自己得当心一点，以免撞到码头，他小心翼翼地把船拖近身旁，用一只手抓住船尾，然后一条腿迈进船头，接着是另一条腿，然后他坐进了船里，船身晃动，海浪将船上下摇晃，他用船桨抵住码头使劲一撑，把船推开，然后解开系在船尾的绳索，小船即刻摇摇晃晃地进入到黑暗之中，他坐在船正中间的位置，取出两只桨，迎着波浪使劲划了起来，船在大浪中忽上忽下，他奋力划桨，船开始慢吞吞地、无声地向前移动，随着波涛上下起伏，不停地上下起伏，却又是缓慢地在前进，它动起来了，小船驶向峡湾深处，在风里雨里越走越远，虽然环绕四围的黑暗是如此深厚，怪异且深不可测，可是他并不觉得黑，因为峡湾本身黑得发亮，而且似乎也不是很冷，再说他穿着那件厚厚的黑毛衣，划船可以让他保持体温,他边想边扭头观望,远处靠近峡湾的中央,那是什么,好像有一团火?但是,不,绝不可能!他思忖着,把两只手搁在船桨上休息片刻,几乎就在同时,小船随即被巨浪裹挟着快速朝陆地冲去,他只好接着拼命划,然后扭头再看,在那边,确实,他可以非常肯定,他想,那边有一团火,看上去就像一团火,而且是一大团火,是的,是的,它正在燃烧,就在峡湾的中央,他边想边使劲划船,他又瞥了一眼岸边,看呐,那不是奶奶吗?站在那里的人可不是奶奶吗?她正站在岸边朝峡湾的方向眺望,不会是真的吧,是真的!他实在是弄不明白了,他想,他重新拿起桨,现在他只是一门心思地朝着这个像火一样的东西划过去,他想,这会儿她肯定又站在窗前等他,他想,他是多么地爱她啊,而此刻她想的是她真的得出门去找他了，她站在窗前，看着窗外的黑暗，她就是这样，必须一直站在窗前，她想，她望向窗外的黑暗，她看见峡湾的中央有一团火，那是一束淡蓝色的火苗，显现在漆黑的峡湾中央，她看见雨水正顺着窗玻璃倾泻而下，他在外面待得太久了，她想，她真的有必要出去找他吗？她想，现在她真的得出门了，她必须去找他吗？她想，为什么他还不回家？通常他不会在水上待这么久，好吧，以前确实有过，有过不少次，是的，这种情况经常发生，既然如此她还有什么好担心的呢？一切如常，与平时无异，今天也没有什么特别的，她想，但还是有点奇怪，如果他真的一直不回来，她该怎么办？那她就出去找他，她想，去船屋那边，到码头上，可是外面的天气太让人讨厌了，刮着风，下着雨，现在已经是深秋了，十一月末的一天，天气很冷，今天是十一月底的一个周二，他很快就要回家了，她只是担心，她想，是的，她了解自己，不，这会儿她一定要打起精神来，她想，一切都是在情理之中的，他很快就要回家了，她想，可她就是担心，控制不住地，就是，不，她想，她不能一直这么站着，她可以出门，去峡湾找他，她想，躺在长凳上，她看见自己走到门厅处，打开门，门开的那一刻她看见自己走了出去，一个男孩走了进来，她看见门又关上了，男孩径自来到窗前，站在窗前向外张望，男孩六七岁的光景，她想，他还是个小孩子呢，接着她看见门厅的大门打开了，一个瘦高个儿男人走了进来，他留着一头黑色长发，长着稀疏的黑胡须，他站在屋子中央，一只手背在身后，装出一副严肃的样子，然后一个小个子女人走进屋来，黑黑瘦瘦的，她留着一头乌黑的长发，长得有点像她自己，女人随手关上身后的大门，留胡子的男人朝女人挤挤眼，然后他俩一起看着男孩，男孩转过身，睁着一双大大的眼睛望着他们，两人冲着男孩微笑

阿斯勒，女人开口说话了

我想爸爸有样东西要给你，今天是十一月十七日，你满七岁了，今天是你七岁的生日，她说

今天是一八九七年十一月十七日，正如布丽塔说的，克里斯托夫说道

阿斯勒非常害羞而热切地看着他俩

就是今天呢，布丽塔说得没错，克里斯托夫说道

克里斯托夫用他空着的一只手搂住布丽塔

的肩，然后突然伸出藏在后背的那只手，在他的手里有一艘小船，一条一至二英尺长的小划艇，其中座椅、划桨、舀水瓢一应俱全，与真实的船只别无两样，他把船递给阿斯勒

生日快乐! 阿斯勒，今天你七岁了，克里斯托夫说道

像你这么大的孩子得有一艘自己的船啦，尤其是像你这样的好孩子，阿斯勒，他说道

是的，阿斯勒，你真是个最棒的孩子，布丽塔说道

阿斯勒朝克里斯托夫走过去，从他手里接过小船，站在原地打量着它，然后克里斯托夫向阿斯勒伸出手，阿斯勒握住他的手，克里斯托夫拉着他的手慢慢地上下摆动，阿斯勒站在那里把小船看了又看

这是一艘很棒的小船，克里斯托夫说

你看它的上面还有座椅、甲板、船桨和水瓢，什么都不缺，他说

小船可真白啊，很细致的木工活儿，还带一点儿焦油的气味，闻起来就和真正的新船一样，布丽塔说

克里斯托夫给你做的这条船真不错，她说

因为阿斯勒是个很棒的帅小伙呀，克里斯托夫说道

你自己做的船吗，阿斯勒问道

克里斯托夫说是的，是他亲手制作的，很早以前，当他还年轻的时候，他学过造船工艺，虽然后来没能造出多少条船，但是这门手艺还算是学到手了，是的，克里斯托夫走到阿斯勒身边，阿斯勒正捧着小船看了又看，克里斯托夫把

手搭在阿斯勒的肩上

我现在就要让这条船试试水,阿斯勒说

好呀,这会儿海浪也许还没那么大,克里斯托夫说

还是得当心的啊,布丽塔说

是的,你得小心点,她说

阿斯勒会当心的,你是知道的,克里斯托夫说

阿斯勒站在那里,捧着小船看了又看,然后朝门口走去,克里斯托夫对布丽塔点点头,她回以他微微一笑,躺在长凳上,她看见布丽塔走进厨房,克里斯托夫跟着她进去,然后关上厨房门,然后她又看见自己穿着雨衣从门厅外走进来,她看见自己站在门口朝房内张望,然后她又看见自己走出房间,关上门,站在门厅当中,她

想，好吧，她记不得他曾有过如此晚归的时候，已经快半夜了，他还是没有回家，她不得不出去找他，去船屋那边，码头下面，因为这风，这雨，还有这无尽的黑暗，他就不能快点回家吗？她边想边走出门外，外面狂风呼啸，天上正下着雨，四处一片漆黑，冷得要命，风刮得太猛了，她整个人不得不抵在门上才能把大门拉上，狂风呼啸，她关上门，站在门外的灯光下，立在门前的台阶上，她听见海浪的声音，还有雨声，然后又是海浪声，天真冷啊，可是她不能老站在这里吧，她想，既然一开始决定出去是为了到海边去找他，那么她也许可以在这里呼喊他的名字，但是她不能就这样站在黑暗中喊他的名字吧？这样行吗？不行，恐怕不行，她想，她走到院子里，来到转角处，停下来，站住了，她看着下面那条小路，那是他吗？这时正有一个人沿着小路走上来，在这漆黑的夜里她能看见他，她真的可以，不，那很好，她想，可是看哪，在小路上走过来的那人，不，不是他，是一个女人，正急匆匆地朝她走来，她的怀里抱着一个孩子，孩子在她的臂弯里显得很大，不，这是什么？她想，发生什么事了，她看一切都清清楚楚，仿佛在日光之下，不，她搞不明白，她想她看见一个女人正急匆匆地朝她走来，她的臂弯里真的有一个男孩，只见她将孩子紧搂在胸前，她走得很急，那个孩子还活着吗？因为那个疾步朝她走来的女人怀里抱着一个男孩，那孩子似乎已经没有生命的迹象，他的衣服全湿，头发也是湿答答的，女人的一双大眼睛透出一种绝望的黄色光芒，究竟发生什么事了，这是什么？她想，那女人有一头浓密的黑色长发，她在小路上停下来，站住了，将孩子紧贴在胸口，然后她就站在那里，站在小路的正中央，低着头，怀里抱着一个孩子，她注视着那个女人，站在路中间，一动不动，然后她听见有人在呼喊，她顺着峡湾的方向往下看，在通往船屋的路上，她看见一个瘦瘦高高，身形颀长的男人，他留着一头黑色长发和稀疏的胡须，此刻正朝着这边的山上跑来，男人手里拎着一条拴在绳子上的鱼，散落的头发遮住了他的半边脸

怎么啦，布丽塔？他朝她喊道

发生什么事了，阿斯勒怎么了？他喊道

男人朝她跑过来，她看见布丽塔一头浓密乌黑的长发垂了下来，覆盖在她怀中阿斯勒的脸上，接着布丽塔的身体开始摇晃，她不停地前

后摇晃怀中的孩子,男人来到他们跟前,他站在那里,用双手环抱两人,搂住阿斯勒的后背,他拎在鱼线上的鱼垂悬于地面,男人的长发遮住了布丽塔的头发和阿斯勒,三个人一动不动地站在那里,过了好一会儿,她想,他们就站在那里,一直站在那里,然后克里斯托夫松开布丽塔,向后退几步

怎么了? 他问道

阿斯勒掉进水里了,她说

他还活着吗? 他说

还活着,克里斯托夫,她说

今天是他七岁的生日,今天阿斯勒满七岁,克里斯托夫说

阿斯勒死了,布丽塔,他说

不,他没死,你别这么说,克里斯托夫,

布丽塔说道

阿斯勒已经死了，克里斯托夫说

他刚满七岁就死了，他说

不，他还活着，布丽塔说

瞧，难道你看不见吗，他已经死了，克里斯托夫说

布丽塔站在那里，双手抱着阿斯勒，阿斯勒的胳膊下垂，头往后仰，一双空洞的眼睛睁得大大的

你还没长大，你才七岁，你本应活得更久，而不是如此短暂，克里斯托夫说

布丽塔站在原地，头勾向前，她那一头浓密的长发垂盖在阿斯勒身上

他还活着，布丽塔说

布丽塔抬起头，透过眼前浓密的头发看着

克里斯托夫

不,他已经死了,克里斯托夫说

克里斯托夫退后几步,站住了,看着她

布丽塔,克里斯托夫说

布丽塔没有应声,和之前一样站在那里,黑色长发遮住了她的双眼

阿斯勒已经死了,克里斯托夫说

阿斯勒还活着,布丽塔说

别这么说,克里斯托夫,别告诉我阿斯勒已经死了,

阿斯勒已经走了,克里斯托夫说

他死了,他说

克里斯托夫开始朝小路走去,他走过转角,穿过院子,他走得很慢,一步一步的,悬挂在绳子上的那条鱼在他身边晃来晃去,似乎再多走

半步克里斯托夫就要倒在地上了,她想,她看见克里斯托夫停下脚步,站住了,手里拎着一条拴在绳子上的鱼,扭头回看,她转身开始朝小路走去,她停在布丽塔身旁,拉住她的一只手,轻轻地抚摸她的头发,一遍又一遍地,抚平她的头发,然后她听见身后的脚步声,只见克里斯托夫从小路上走来,挂在绳子上的鱼在他身边晃来晃去,克里斯托夫停在布丽塔身边,轻抚她的头发

  回家吧,布丽塔,克里斯托夫说
  你不能一直站在这里,他说
  咱们得进去了,他说
  我们把阿斯勒带回家,他说
  布丽塔抬起头,透过她的长发看着克里斯托夫

今天是十一月十七日，布丽塔说

一八九七年十一月十七日，克里斯托夫说

一八九七年十一月十七日，布丽塔重复道

然后克里斯托夫用双臂搂住布丽塔的肩，克里斯托夫和布丽塔，还有在布丽塔怀中的阿斯勒，一家人慢慢地朝着小路走去

一八九七年十一月十七日，阿斯勒死了，布丽塔说

他出生于一八九〇年十一月十七日，布丽塔说

克里斯托夫停下脚步，布丽塔也站住了，他们站在那里低头看着地上褐色的土地，老房子的大门打开了，一位老妇人走了出来，站在门前的台阶上，克里斯托夫望着她

他没了，阿斯勒走了，艾丽丝老妈妈，克里

斯托夫说

  别站在那儿发呆了，老妈妈说

  神的作为我们无法参透，她说

  他是快乐的，阿斯勒正快乐地与神同在天国，别再伤悲了，她说

  不要难过，她说

  神是好的，千真万确，她说

  老艾丽丝抬起一只手，举起她那弯曲僵硬的手指，用手背揉拭眼睛

  神是好的，她说

  然后老艾丽丝垂下头，一阵战栗传过她的肩膀，她木然地站在那里，与克里斯托夫和布丽塔一起，布丽塔怀里抱着阿斯勒，天越来越黑了，他们站在原地。一直站着，不曾挪动半步，她想。他们站在那儿，仿佛从远古以来就一直

站在那里，她想。她站在那里，看着布丽塔、阿斯勒、克里斯托夫和老艾丽丝，然后她开始往远处走，一直走到山脊的尽头，走到看不见人家的地方，从那里开始山脊缓缓地沿着山坡下沉到河流对岸，这条源自远方瀑布的河流一直在山的另一边流淌，瞧啊，在山脊的高处，她看见一个男孩，正独自站在山巅，注视着山下自家的老房子，平静自如，他手里拿的是一根木棍吗？是的，这是一根从树枝上砍下来的棍子，他把棍子扛在肩上，也许他用这根棍子到河里钓鱼？她想，然后她又看见这个男孩，会是小时候的他吗？看上去是不是挺像他的？可是离得这么远，她又如何能看得清楚是不是他呢？她想，但是她完全看得清楚，因为他离她既是非常之近又是很远，就好像白昼与黑夜同时出现，她想，她不理解这

是怎么回事，因为她分明看见一个男孩站在远处的山脊之巅，与此同时她又可以清楚地看见他的脸，仿佛他就坐在她身旁，现在她看得如此这般的清晰，确认就是他，她看见他开始朝她奔跑过来，突然间这张脸变成了另一张脸，完全是另一个人的脸，这人仍然长着一头黑色的头发，和他的黑发一样，他像不像布丽塔怀中的那个阿斯勒？她想，是的，就是他，她看见他朝她跑过来，可这不是他小时候的模样吗？是的，现在又变成了他，不再是布丽塔怀抱中的阿斯勒，现在她看得清清楚楚，又不是小时候的他了，这会儿变成了别人，一个同龄的男孩，但是是另外一个男孩，这个男孩有可能就是布丽塔抱在怀中的阿斯勒，现在他快要跑进院子里了，她转身注视着他们的老房子，在院子的那边，她看见布丽塔抱着阿斯勒站在那里，克里斯托夫手里拎着一条系在绳子上的鱼，站在她身旁，老艾丽丝站在台阶上，现在她看清楚了，她终于看清楚了，那个朝她奔跑而来的男孩就是布丽塔怀中的孩子阿斯勒，她看到男孩扔下手中的棍子然后仿佛消失一般进入布丽塔怀中的孩子身上。老艾丽丝站在台阶上，直起身子，慢慢地转身走进房子里，走进她的房子，老艾丽丝进到她自己的房子里，她想。在老房子前面的院子里，站着布丽塔，怀里抱着阿斯勒，然后克里斯托夫走到布丽塔身旁，将阿斯勒接到自己手中，紧紧地抱住他，绳子上的鱼随之摇摆，然后克里斯托夫开始不停地前后摇晃自己和阿斯勒，拴在鱼线上的鱼也跟着前后摆动

  不，他不可能死了，布丽塔说

克里斯托夫没有作答

我的宝贝孩子不可能就这样离开我们，她说

我的儿子，我亲爱的儿子啊，她说

我最宝贝的孩子啊，她说

可是奥拉夫去哪儿了？她问道

你知道奥拉夫在哪里吗，克里斯托夫？她说

克里斯托夫双手抱着阿斯勒走进房间，仿佛在给他施洗，布丽塔站着不动，过了一会儿，她将额前的头发拂到脑后，她的脸庞看上去犹如空洞的天空，毫无表情，然后她走进老房子，就是她现在独居的这栋房子，也是她与他住了许多年的房子，现在是属于她自己的房子，布丽塔进入的房子现在成了她的房子，她想，她要进屋去了，她穿着一身奇怪的衣服，披着一头乌黑的长发，布丽塔要进到她的地方，进入到属于她和他的老房子里，她想，如此说来，如果有人进到她的房子里，如果还有其他人也住在这里，或许她就不能进去了？这里已经不再属于她了？她还能进去吗？她想，不，也许她不能再进去了，但这里是她和他生活了许多年的地方，再没别人，她想，他们在这里住了许多许多年，他们两人，就他俩，正这样想的时候，她注意到天在下雨，她一直站在外面，站在雨中，在黑暗里，大风在刮，天气很冷，她想她不能一直老站在外面，可是他还没有回家。他在哪里？他去哪儿了？他一定是去峡湾划船了，可是他还没有回来，她真的挺替他担心的，他不会出什么事了吧？她想，为什么他还不回家？但是她想平日里也都是这样的，几乎每天如此，每天他都会划船出海，确实如此，而且每次她都会替他担心，担心他怎么还不回家，她想。那今天又有什么不同呢？也许并无二致，至少目前她觉得，她想。一切如常。今天是一九七九年十一月末的一个周二，就是普普通通的一天。她还是她。他也还是他。不过也许她还是应该去海边看看，下到船屋那边，无论如何她还是该出去找找他？她想，是的，她正打算这么办，她想。能出去走几分钟也是挺好的，哪怕外面风雨交加，她想。出去透透气挺好的，她不能成天待在屋里。她在家里待的时间真是太多太多了。整天整天的，足不出户。不，这样不好。她也需要时不时地出会儿门。像这样成天忧心忡忡地在家里走来走去，这不就是她的日常吗？是的，不过她还是可以下到峡湾那边去看看，她想，她当然可以做到，她想，但无论如何她为什么一直站在这里？如果她想去，就去好了，她不能一直站在这里，她想，今天是一九七九年十一月末的一个周二，她就站在这里，她想，然后她开始往小路走下去，可是就在刚才，她看见的那个正在往上走的人不就是他吗？不，不可能是他，也许一切都是她自己的想象，她想，但是现在她得下到岸边去找他，天上下着雨，刮着风，天色暗淡无光，天黑得几乎看不见脚下的路，还有这，这可怕的天气，这份寒冷，为什么他要挑这样糟糕的天气外出划船？她想，为什么要这样？不，她实在是不懂，为什么他不愿意和她待在一起？她想，相反他总是划着那条船外出，那条小船，那条手划船，现在他总该回家了吧，她想，她变得非常焦虑，因为他还从未在峡湾待过这么长的时间，在这样的天气，在这么黑这么冷的时候，她记不得他什么时候有过在外面待这么久，为什么他不回家？发生什么事了？不会有什么坏事吧？会吗？她想，也许他再也不回来了？不，她不能这么想，她想，这会儿她可真的要下到海边去找他了，她可以在码头上站一小会儿，当她站在那里的时候，也许碰巧就是他准备回家的时候，她想，因为之前她曾这样出去过好多次，是的，好多次，真的是很多次，为了去找他，她曾下到船屋和码头那边，她曾无数次站在码头上等候他返航，多半是晚间散步的时候，她一边想，一边穿过大路，走向通往岸边的小道，她听见一个女人在喊，阿斯勒，阿斯勒，她绕过船屋的墙角，停下脚步，在岸边她看见那个有着一头浓密长发的布丽塔，听见她一遍又一遍地在喊，阿斯勒，阿斯勒！她看见一条小船，约摸一到二英尺长，漂浮在黑色的海面上，然后她看见阿斯勒的脑袋从峡湾里冒出来，他的一双手在海浪间挥舞，她看到布丽塔冲上码头，然后阿斯勒的脑袋又没入了水中，他的手和身子统统消失在水里，那条小船浮在水面上，被海浪冲到离岸边更远的地方，布丽塔从码头上一跃而下，跳入水中，远处的小船消失在一个大浪之后，布丽塔在水里迎着风浪使劲地游，拼命而艰难地往前游，巨浪将她往回推，她在水中狂喊，阿斯勒！阿斯勒！隔着汹涌的波涛，在两个大浪之间，她看见阿斯勒的脑袋又冒了出来

阿斯勒！布丽塔喊道

她听见布丽塔的呼喊声充斥着周边的一切，这声音响彻峡湾以及它周围的群山，阿斯勒没有应答，接着一个大浪打过来，带走了阿斯勒，小

船在水里翻着斤斗,撞到布丽塔的腿上,搁浅在岸边,她看不见阿斯勒的脑袋,布丽塔一把抓住他的头发,紧紧地揪住,海浪击打着他们,她用空出来的一只手使劲拍打着海水,使劲地拍打,又一个巨浪盖过来,将布丽塔和阿斯勒冲向岸边,布丽塔踩着水底一块斜坡,勉强站起来,接着又是一个大浪照着她劈头盖脸地打下来,她艰难地拖着阿斯勒的头发往前走,阿斯勒的脑袋浮在水面上,布丽塔越来越接近岸边了,她那乌黑的长发紧贴着她的脸庞,渐渐地阿斯勒的上半身露出了水面,布丽塔将阿斯勒拖近自己身旁,一只胳膊兜住他的膝盖弯处,另一只胳膊搂住他的后背,将他一把抱起,布丽塔仰天抬头迎着雨水,抱着阿斯勒蹚水朝岸边走去,阿斯勒的双臂下垂,布丽塔终于上了岸,她朝着船屋径自走去，她看见布丽塔抱着阿斯勒在船屋的转角处，然后她看见阿斯勒的小船那么可爱地漂浮在水面上，她又看见阿斯勒手里拿着一根棍子，棍子的一头系着一根细线，与小船相连，阿斯勒拿起棍子拖着小船沿着岸边走，小船簇新闪亮，在水面上轻柔地移动，然后他停止拖拽手中的棍棒，任小船在水面上自由漂移，小船随着峡湾的波涛上下起伏，接着阿斯勒提起他的木棍，于是小船缓缓地转了个弯，朝着岸边驶来，阿斯勒向后退几步，将小船引入他用两块大石头做成的小海湾之中，阿斯勒放下手中的木棍，把贻贝装入小船，一块块蓝色的贻贝被放进小船，装满了整个小船舱，然后阿斯勒轻轻一推，小船驶出它那用两块石头搭成的小海湾，他拾起棍子，开始沿着岸边往远处走去，小船缓慢而平稳地滑行在水面上，海面风平浪静，海水几乎与船舷齐平，阿斯勒心平气和地引导着他的小船，一转身他看见克里斯托夫正从船屋那边走过来

嘿，阿斯勒，你的船今天运什么货呀？克里斯托夫说

我要运货到卑尔根去，阿斯勒说

都有些什么东西呀？克里斯托夫问道

各种货物，阿斯勒说

你不想告诉我哩，克里斯托夫说

呃，不想，阿斯勒说

于是克里斯托夫说，那好吧，这是商业秘密，每个人都得有点秘密，他说，然后他又问他是否在卑尔根要待上很长时间

就几天吧，阿斯勒说

是啊，既然进了城，干吗不多待几天呢，克

里斯托夫提议道

路上就得用去一整天的时间,呃,是的,是这样的,阿斯勒说

有道理,克里斯托夫说

克里斯托夫走向码头,把他的船拖出来

你要出海吗?阿斯勒说

我想去钓鱼,咱们得给自己弄点吃的,克里斯托夫说

我可以和你一起去吗?阿斯勒问道

当然可以,克里斯托夫说

不,还是算了吧,阿斯勒说

这样一来我就没时间出海了,他说

哦,当然可以理解啦,克里斯托夫说

你有满满一整船的货,正打算去卑尔根呢,对吧?他说

我以后再陪你去,阿斯勒说

好的,航海去卑尔根,你是打算现在就出发吗?克里斯托夫问道

是的,阿斯勒说

克里斯托夫把船拖到码头边,他爬上甲板,解开绳索,坐进船里,他把船桨放进水里,划了几下,让船进入海湾,然后他停下来,两手扶着船桨

等你从卑尔根回来咱们再聊,克里斯托夫说

好勒,阿斯勒说

你会带些好吃的东西回来的,对吧?克里斯托夫说

也许吧,阿斯勒答道

然后克里斯托夫把船桨探入水中,一路划

入峡湾，阿斯勒沿着岸边走向远处，他那艘可爱的小船儿在水中紧紧跟随着他，克里斯托夫使劲划桨，很快他的船就消失在视线之外，驶入海岬的后面，水面漾起阵阵涟漪，细碎的波浪使得阿斯勒的小船在水中左右翻滚，他提起木棍，让船头脱离水面，可是船尾却沉入到水下，船上的贻贝纷纷落入水中，阿斯勒使劲拉拽木棍，绳子与船的连接处脱落了，小船儿松了绑，随波逐流，阿斯勒试图拿手中的棍子去够小船，居然让他勉强够到了，他小心地拿棍子推着小船儿，想把它引向岸边，可是脚下一滑，小船一下子被推出好远，朝着峡湾的方向漂去，于是阿斯勒放下手中的棍子，找到一块石子朝小船扔过去，石子落在小船与他之间，激起的浪花将小船推向离陆地更远的方向，于是他又找到一块石子，使劲一扔，这回石子落到了船的外侧，波浪将船朝着岸边推近了一点，阿斯勒捡起棍子，拿棍子去够小船，把船引向岸边，然后他把船从水里捞出来，站在原地，他把船放在手掌上，仔细打量它，随后再把小船放回水里，让小船停泊在由两块石头搭成的海湾里，阿斯勒找来一些小树枝和散落岸边的木头碎片，把它们高高地堆放在小船上，然后他拿起小船在水面上这么一推，小船儿便优雅地滑了出去，阿斯勒找来一颗小石子，扔向船尾的方向，石子激起的浪花将小船推向更远的地方，小船儿在波浪里探头探脑，忽上忽下，阿斯勒又找来一把石子，一颗接一颗地扔向船尾，于是小船儿朝着峡湾的方向漂得更远了，不一会儿小船就远离了它的海湾港口，它继续往远处漂移，接着阿斯勒找来一块又大又沉的石头，他用两只手抱起石头，吃力地将它抬到水边，他试图用一只手举起石头，可是他办不到，于是他只好用两只手抬着石头，尽可能地侧身，伸直手臂，猛地往前一扔，石头重重地落在离他不远的地方，激起一片水花，同时掀起一阵大浪，水溅到他的身上，落在小船上面，小船在海浪的冲击下像箭一般蹿了出去，阿斯勒眼看着小船进入峡湾，越滑越远，几乎就在同时，天气突然起了变化，开始刮风了，下雨了，天空渐渐地暗了下来，浪头一个接一个地打向小船，将它推向更远的地方，阿斯勒一脚踢掉脚上的木鞋，解开裤子纽扣，脱下裤子，开始往水里走去，他站在齐膝深的水里，这时一个大浪打过来，海水没过了他的腰部，远处就是他的小船，他看着他的船，站在岸边的她看见阿斯勒蹚着水往前走，然后眼见他消失在水里，她想现在他真该赶紧往回走，于是她爬到码头上眺望，天太黑，什么也看不清，她想，他该回来了吧，看看这么大的风，这浪，还有这无尽的黑夜，潮水涨得很高，天是这么地冷，海水咆哮着，巨浪一直冲上码头直到她的脚面，多么可怕的天气，她想，现在他真该赶紧回来了，远处是什么？看上去像亮光？像是火光，就在峡湾的中央？看上去是不是紫色的？不，在那种地方不可能出现这种东西，她想，可是他又在哪儿呢？还有他的船，她什么也看不见，可是他又在哪儿呢？他为什么不回家？难道他不想和她在一起吗？是因为这个原因吗？一想到有人会在这样的天气去峡湾，天是如此的黑，不，她就是无法理解，她一边想一边往峡湾的方向睃巡，但她什么也看不到，现在他真的得回家了,她想,在这种天气下,他真的没法一直待在峡湾上,天如此之黑,天气这么糟糕,而且是在这么小的一条船上,一条手划船,她想。还有这深沉的黑暗。天是这么的冷。她可以就这样一直站在这儿吗?为什么他不回来?她几乎记不起来他曾有过在这种糟糕的天气外出的时候,在这么晚的时候?她想,不,她想不起来有过这种时候,嗯,也许曾经有过?不,她不相信他有过,也许他从未有过,她想,她不能一直就这么站在这里,她冻得要命,天太冷了,她可以在这儿喊他的名字么?不好,她不能光是站在这儿喊他,站在黑夜当中呼喊他的名字是没有用的,她想,那她还能做什么呢?总得有人来找他吧!对呀!得让人去找他!可是让谁去呢?她得找人去弄条照明条件好点的大船,划到峡湾那边去找他,她想，可是让谁去呢？她又认识谁呢？不，她真的不知道谁才能胜任这项工作，她想，所以她只能站在这儿，一直站在这里，她只能一直站在这儿等待，她想，除此之外她又能做什么呢？大声呼叫他的名字？让人找条大船来？找条有照明设备的大船？还是就这样干等着？站在原地等待？或者回家去等他？直接回家去等？因为她不能一直待在这里，她相信他很快就会回来了，也许他就是出去一小会儿，她边想边沿着码头往回走，但随即她就停下了脚步，瞧啊，离岸边不远的地方有一堆篝火在燃烧，会不会是仲夏节的篝火呢？站在火边的不就是那两个男孩吗，她非常肯定，是的，他们不会是隔壁农场的那两个男孩子吧？是他们吗？她想，她可以确定就是他们，可是那堆火又是怎么回事？在一年当中现在这个季节?这样的天气?不,这不可能,她想,谁也不会在这种天气跑到岸边生起一堆火,不,谁也不会在这样的夜晚燃起这样一堆篝火,但它确实就在那里,岸边燃烧着一堆篝火,两个约摸十岁十二岁光景的男孩站在篝火旁,看着火焰,那在火中燃烧的东西看起来像是一艘船,一艘手划船,这不就是他的那艘船吗?她想,不,这也太奇怪了,她边想边注视着从船上升腾而起的火焰,两个男孩在船的各个角落点燃了火,火焰形成一个船的形状,他们围着燃烧的船只,盯着火堆看,这是什么,她想,不,她不明白,这不可能是真的,她想,她不能一直待在码头上,天太冷了,她被冻坏了,还有这风,这雨,可是他,他还不快回来吗?他究竟是怎么了?她边想边沿着码头继续往回走,然后就是那堆奇怪的篝火，她想，一艘船在远处的岸边燃烧，两个男孩站在火堆旁看了又看，不，这是什么？她想，在一年当中的这个时节，为什么？她边想边走到船屋的转角处，踏上回家的小道，这时候外面的风雨变得更加猛烈了，四处漆黑不见五指，她看不清脚下的路，现在她必须躲进室内，回到家里，她想，她得赶紧回家，照看炉火，千万别让炉子里的火熄灭了，因为等他从峡湾回来，浑身又湿又冷的时候，家里必须暖暖和和的，回到这个老房子里面的家，这个他们住了许多年的家，她想，她现在必须赶紧回家，确保炉子里有足够的木柴，她一边想一边走上回家的小路，可是很快她又停了下来，她回头张望，好像听到身后有什么声音，是脚步声吗？她想她是听见了什么，她往下看，那堆篝火还在岸边燃烧，只是火势已经不像刚才那般旺盛，此刻的火势就像是只有几块木板在燃烧，弱弱地，在这么黑的夜晚，这样一个风雨之夜，倒是应该有一团火在岸边燃烧，她注视着火光，直至它燃尽熄灭，于是一切重归黑暗，忽而有一束火苗蹿起来，然后一切重新陷入黑夜，随后又有一束火苗冒出来，但是这次的火苗明显小了许多，很快一切再次陷入黑暗，最后火苗再次燃亮，但是火力微弱，几乎难以辨清，接下来就是黑暗。只剩下黑暗。还有风。和雨。现在她真的得进到室内去了，她一边想一边绕过那栋老房子的转角，那是他们的家，她看见院子里有一个穿着蓝色大衣的老妇人，戴着一顶黄白色绒线帽，就是他一直戴的那顶，老妇人手里拄着一根拐棍，正在缓慢地往前走，她手里提着一个红色购物袋，在老妇人的身边走着一个小男孩，拎着购物袋的其中一个提手，现在她终于看清楚了，那是小时候的他！是他正走在那里，她想，她看见老妇人两根弯曲的手指头搭在男孩的小手上，他俩迈上前门的台阶，老妇人将拐杖斜倚在墙角，开了门

好了，咱们进屋吧，阿斯勒和奶奶一起进屋吧，奶奶说道

好的，阿斯勒说

阿斯勒你真是个好孩子，帮奶奶拎袋子，帮了奶奶大忙哩，奶奶说道

自打爷爷奥拉夫走后，你成了我最好的帮手，她说

她看见奶奶走进大厅，他紧随其后，然后她想，不行，她不能这样一直站在寒风中，哪怕刚才看见有人进了她家的门，进了这栋老房子里

面她的家，不管怎么说，这里是她的家，是她和他住在这里，她想，再说了，刚才她看见进去的那个人绝对是他，那个老妇人就是他的奶奶，她想，所以，这么看来她还是可以进去的？她想，她真的很需要进屋，因为外面的风雨快要让她受不了了，她没法一直站在外面，这风，这雨，还有这份寒冷，她真的太需要进去了，可是她真的可以进入到还有其他人住的老房子里吗？她想，难道不是她一直住在这儿吗？这是他们的家，她和他，西格涅和阿斯勒，如此说来她得进去，她边想边走进屋里，她看见奶奶站在客厅里，摘下她那顶黄白色的绒线帽，把它放在架子上，然后她解开大衣纽扣，脱下大衣，将它挂在挂衣钩上

阿斯勒，你去把大门关上吧，好吗？

奶奶说道

她看见他走过去，关上门

嗯，这样很好，这几天挺冷的，阿斯勒，咱们可不能把屋子里的暖气给放跑了，奶奶说

外面滑得很，像奶奶这样的老人家走在外面是很危险的，哪怕仅仅只是踏出几步到外面，她说

但是对你可就不一样了，没啥危险，你还小，阿斯勒，她说

嗯，我没事的，阿斯勒说

对，你不会有问题，你还小着呢，奶奶说

然后她看见奶奶拎起购物袋，推开厨房门，走了进去，他也跟着奶奶进到厨房里面，随后关上身后的门，现在她只需要走过去，往炉子里多添上几块木头，她想，因为等他回来的时候房

间里必须暖暖和和的,现在她只需走进去给炉子添满木头,她想,可不能让火熄灭了,等他从海上回来的时候,房间里必须保证是温暖愉悦的,外面刮着大风,下着这么大的雨,到处漆黑一片,天还这么冷,所以他回家的时候,老房子里的家必须是温暖愉悦的才行,她边想边脱下雨衣,把它挂在挂钩上,然后朝房间走去,她推开门,走进房间,然后她看见,躺在长凳上,她看见自己走进房间,转身关上房门,然后走到燃料盒旁,从里面取出几块木头,弯腰将木头送进炉子里,然后她看见自己直起身子,站在房间的地板上,凝视着火光,站在房间里她想,还好,火没有灭,还在燃烧,家里也没有那么冷,只要这会儿他能回来,正想着,她看见厨房的门开了,飘来一阵烤熏肉的香味,她看见他从厨房里走

出来，后面跟着奶奶

　　坐下来，饭菜马上就要好了，奶奶说道

　　奶奶你太好啦，阿斯勒说

　　阿斯勒你真是个乖孩子，奶奶说

　　咱俩是好朋友，你和我，对不对？阿斯勒说

　　她看见他走到餐桌前，坐在桌子的一端，两条腿在桌子底下前前后后地晃来晃去，奶奶又从厨房里走出来，他还在晃着他的两条腿，奶奶端出一盘熏肉和鸡蛋，还有烤土豆和香煎洋葱，另一只手里拿着一大杯牛奶

　　好啦，现在你就痛痛快快地吃上一顿吧，奶奶说

　　奶奶把一整盘食物和牛奶摆到他的面前，他开始吃盘中的食物，奶奶坐在桌子的另一端，而她呢，躺在长凳上，她看见自己站在屋子中

央，注视着炉中的火苗，然后她看见自己走向窗户，站在窗边向外张望，她站在窗前，看见卧室的门打开了，布丽塔出现在卧室门口，一手扶着门，她的头发紧紧地贴在脸上，她又看见克里斯托夫站在卧室门口，双手捧着一口白色的木制小棺材走进客厅

嗯，是时候了，克里斯托夫说道

是时候说再见了，布丽塔说

是时候了，克里斯托夫说

然后她看见布丽塔关上卧室的门，打开客厅大门，站在门边替克里斯托夫拉着门，她看见老艾丽丝站在客厅中央，老泪纵横，然后她看见克里斯托夫捧着那口白色木制小棺材走出房门，布丽塔跟着他走了出去，随手关上身后的大门，躺在长凳上，她看见自己走向长凳，然后躺

在长凳上，她将两手伸进自己的毛衣里面，向上摸索直到她的双乳，她用手抓住自己的两只乳房，然后她用一只手将裙子撩开，把手放在大腿上，再把手伸进两腿之间，她让自己的手停在那里，然后她转头望向餐桌，看见他站了起来

谢谢奶奶给我准备的可口饭菜，阿斯勒说

呵呵，太好了，奶奶说

然后奶奶站起身，接过他手中的盘子，他手里拿着一个空玻璃杯

真好吃啊，阿斯勒说道

谢谢夸奖，阿斯勒，奶奶说道

然后奶奶起身去厨房，他紧跟在后，随后关上了身后的厨房门，然后他们就消失了，永永远远地消失了，躺在长凳上，她想，今天也许是周四，现在是三月份，今年是二〇〇二年，这么

想着她的目光转向卧室,卧室的门开了,他正站在那儿

　　你不想赶紧上床吗?他说

　　我已经给你暖好床了,他说

　　他将一头乌黑的长发别到耳后,看着她

　　你也该上床了,快来吧,他说

　　她看着他,然后将目光从他身上移开,转向虚无,她把两只手平放在腹部,然后双手合十,我听见西格涅在说,主啊,救我,求你救救我吧,求你

雍·福瑟

——文学中的复调大师

《火边的艾丽丝》是雍·福瑟众多作品中一部短小精悍的意识流散文小说,小说通过男女主人公在多重思维空间内反复出现的幻觉与幻象,追述了两百年间一个家族五代人的生存与生活状态。在西格涅与她的失踪丈夫阿斯勒无缝衔接的幻象和对话中,读者得以看到她与丈夫的生活常态,还有阿斯勒的曾曾祖母艾丽丝(艾丽丝代表着主人公对家族最早的记忆)以及祖先为了谋求生存与无情的大自然之间的原始相处模式。在流水般的幻觉记忆中,这些过去的人物与现实中的人物栖息在同一空间，在幻觉与现实交织的错乱时空中，逝去的灵魂与活着的人之间不断发生交流与碰撞，无法挣脱的悲剧轮回又将人困在其中，这是一部带有宿命意味的幻象杰作，作者在对爱之得失这一主题进行探索的同时，也向读者提出了关于婚姻和人类命运的深度思考。

小说篇幅不大，通篇没有明确的段落划分，甚至标点符号的使用也是从头至尾的逗号，以此呼应主人公在幻象中那种半梦半醒的精神状态，如潺潺流水般不间断的心灵呓语；小说中跳跃式的思维，对人物、时间、场景的频繁切换，使得刚开始接触此书的读者一时间无所适从，加之福瑟特有的写作风格，其简洁的文字，大量重复的语言，不禁令读者发出质疑，这样的重复有必要吗？然而，福瑟的重复从来就不是多余的，其叠加的功效，如同油画布面层层的涂抹，因累积而显得愈加厚重，充满质感，最终为读者营造出丰富的色彩层次体验，诠释出不一样的语言力度和暗藏的情绪升级。关于使用简洁的文字，福瑟曾在一次访谈中提到：一直有两种语言并存于他的作品之中，一种是真实存在的语言，另一种是沉默的语言。按福瑟的理解，语言所能表达的东西实在是太有限了，它更多只是运用在人类的日常交流与沟通中，一旦有需要表达更深层次的情感，语言在这样的时刻却显得格外苍白无力。有天赋的作家就是要通过对语言文字的处理，透过字里行间或长或短的停顿与间歇，将人类那无法言说的沉默的语言向读者展现出来，把读者带入人物深刻的情绪当中，此时，一切尽在无言之中，任何华丽的词藻都显多余。在小说中，雍·福瑟借阿斯勒之口,进一步表达了他对使用简洁质朴文字的信念:"如果说有什么是他不喜欢的,那就是说些言过其实的大话,在他看来它们只是用谎言将事物的真相掩盖起来,拒绝真实的存在,令其成为人们心目中所谓完美的样子,他就是这么想的,在生活中他也是这样的人,他喜欢事物本来的样子,不喜欢自诩为大的东西,方方面面,"由此也就不难理解福瑟一直坚持的简约文字风格。本部小说全篇杜绝生僻字与华丽的词藻,具备小学文化水平的读者即可通读无碍。但是,就是在这样貌似简单的字里行间,福瑟以其对文字高超的驾驭能力,替小说的主人公说出了他们无法用言语表达的情感。一如诺贝尔文学奖评审委员会对福瑟作品的评价——为无言者发声。

虽说这是一部小说,但它却同时拥有强烈的戏剧效果，这与福瑟使用的写作方式有关。在小说中福瑟除了运用简洁的文字，还通过大量动词的使用，以及对人物所处环境如同舞台布景般的描述，只需寥寥数笔，便使得人物形象精确而栩栩如生地展现在读者面前，充满了视觉感与画面感，给人以身临其境的感官效果，好似在现场观看一幕舞台剧。

少年时期的福瑟寡言少语，尤不擅长在大庭广众之下出声朗读，老师请他为大家诵读一篇文字，他因惊恐而无法发声，在众目睽睽之下羞赧地逃离教室。虽然作文经常不及格，被老师断定为不会写作的孩子，但写作仍是少年福瑟的秘密爱好之一。他酷爱音乐，学习了包括吉他和小提琴在内的数种乐器，十四岁开始在当地乐队参与演出活动，在音乐中福瑟找到了情感的出口，获得内心的安宁与平衡。然而，无论他如何勤学苦练，始终无法在技巧上有所突破，最终并未能在音乐方面有所建树。随后他重新拾起他从未放弃过的文学写作，自此一发不可收拾，沉湎于文字天地带给他的喜悦，释放与满足，近半个多世纪耕耘不辍。二〇二三年，雍·福瑟获得诺贝尔文学奖，瑞典学院为其安排了一场个人讲座暨雍·福瑟作品鉴赏会，其间举办方特意在讲座的首尾时段插入若干曲目的现场演奏，其中包括巴赫的经典复调《哥德堡变奏曲》，这看似随意的音乐点缀，实则表达了组办方对福瑟作品深刻的理解，洞悉与欣赏。音乐与文学同为艺术，它们彼此相通，相得益彰。如果说巴赫的复调作品是古典音乐中的经典，那么雍·福瑟则无愧为文学世界中的复调大师。在他的作品中，人物之间的关系往往有如音乐中的复调关系。与通常乐曲中的主副旋律模式不同，复调音乐拥有各自独立的两个旋律声部。在福瑟的作品中，男女双方各自拥有自身的主旋律。西格涅以为他们躲到了世界的角落就可以获得宁静的生活，她以为她可以完全拥有阿斯勒，可是她不明白，即使拥有一段外表看似完美的亲密关系，但是深究其中，两个人的灵魂还是不可避免地在各自的生命长河中孑孓独行，他们有如两条永远无法相交的平行线，各自遨游于自己的灵魂空间。由此也就不难理解阿斯勒为什么会与墙对话，他宁愿与墙互动也不愿意说与旁人，哪怕是他深爱的西格涅：

　　他……走进门厅，周围的护墙板像往常一样，此刻正在和他说着些什么，就像每次他进到屋里那样，他想，它一直如此，无论他注意与否，墙一直都在那儿，似乎有无声的言语从中而出，墙的里面仿佛藏着一根大舌头，它在诉说着一些永远无法用文字表达的东西，只有他能明白，他想，墙说的都是些寻常话语背后的东西，那是属于墙舌头的语言，他站在原地，注视着墙，不，今天他这是怎么啦？为什么会有这些举动？他想，他将手掌平贴在墙面上，墙似乎正在与他喁喁私语，他想，那是一些无法言说的话语，就好比什么呢，好比你在抚摸一个人的时候发出的喃喃自语，他摩挲着棕色的护墙板，从他的指尖流露出一股爱抚之情……

你听见了什么，在他的沉默之中，他那欲言又止的迟疑，所有这些其实已经有了答案，只是福瑟用另一种方式替他笔下的角色说出了他们未曾开口说出的话。

我愿意将更多的发现与探索留与读者，阅读雍·福瑟的文字，读者从中得到的，将远远超出文字本身所给予的内容与感悟。

张莹冰

二〇二四年五月

桂林，靖江王府